U0458770

封面题字　宋富盛

内文插图　靳双院

万叶新笑话

新

管 喻 整编

书海出版社

（第一卷）

前　言

● 王　大　高

管喻先生编成《万荣新笑话》准备出版，请我为此书写个前言。出版这本书是大好事，所以我不得不应允。

我在运城地区从事地、县和基层党政领导工作多年，担任过县委书记、地委宣传部长等多种职务。在实际工作中，在与运城地区广大群众干部一起劳动和生活中，我听过不计其数的万荣笑话，我也发现、整理、创编、讲述过不计其数的万荣笑话。我有一个很深的感受是：我听别人讲万荣笑话的时候非常愉悦和激动，别人听我讲万荣笑话的时候则显得更加愉悦和激动。它像一坛老窖陈酒，谁喝谁醉。有人即使不喝酒，闻一闻味道也如醉如痴。它像一个传说中的宝葫芦，里面能倒出多少故事，何年何

月能倒完倒净，谁也弄不清。我相信，只要万荣在，只要运城地区在，只要全国的听众在，万荣笑话故事就会永远没有止境地创造下去。

去年，北京某机关的一位同志对我说，他们去欧洲访问期间，听我国驻外使馆的工作人员讲过一些万荣笑话，非常有趣，他还想再听我讲几个万荣笑话。这证明万荣笑话已经走出国门，传播到世界各地。

近几年，作为运城地委宣传部长，我代表地委行署率领运城地区绛州鼓乐团、关公文化展览团、关公故里锣鼓队先后出访了欧洲、东南亚的几个国家和我国的香港等地区，明显感觉到我们古老而新鲜的黄河文化，包括万荣幽默故事，都是世界人民所乐于接受和十分喜爱的。他们对此赞不绝口，欣喜若狂。

近几年，我多次到全国各地开会和参观。运城人和山西人无论走到哪里，就把万荣笑话带到哪里。万荣笑话独到的诙谐和高品位的幽默倾倒了北京、南京，东北、西南，内地、沿海的同志,激起了一个个笑与乐的漩涡。

这几年,我还有一个明显的感觉是:人们热爱万荣笑话,人们需要万荣笑话。可以说,运城地区和运城地区以外的全国各地现在几乎都知道了万荣笑话。许多客人来运城,必问万荣笑话,必听万荣笑话,不给他讲不行,给他讲少了还不行。实际上,一个万荣笑话热已从运城地区发轫而逐渐波及全国广大地区。万荣笑话早已冲破"万荣"或"运城"界线,而成为全国人民群众共同拥有的文学艺术财富。

万荣笑话是一种高级的欢乐剂,它可以给人们生活增加欢乐、消除苦恼;万荣笑话是一种特殊的润滑剂,它可以化解矛盾,使横眉怒目的怨恨疙瘩在笑声中释然;万荣笑话还是一种奇妙的粘合剂,它能促进家庭和睦、亲朋团结;万荣笑话也是一种智慧的营养剂,它不仅使人们脑袋开窍,而且还教你学会如何幽默和如何享受幽默。

既然要我写前言,我就借此机会把我近年来对万荣笑话的理解和认识简单谈一谈,以帮助读者更加全面、深刻地领会万荣笑话的内涵,把握万荣笑话的精髓,以便从中获得更大的教益。

万荣新笑话

　　我想，我要说的可以概括为这么几句话。

　　第一句：万荣笑话是从哪里来的？

　　第二句：万荣笑话的主要特点是啥？

　　第三句：万荣笑话的价值何在？

　　第四句：万荣笑话应当如何读、如何讲？

　　第五句：万荣笑话的走势和前景如何？

　　第六句：万荣笑话将与你发生什么关系？

　　以上这 6 句话又可简述为 6 段文字。

　　第一段：万荣笑话是从哪里来的？

　　从时间概念上讲，它来自古代，又来自当代，来自过去，又来自现在，来自历史，又来自现实。

　　从空间概念上讲，它来自田野，也来自都市，它来自农家土院，也来自办公大楼，它来自日行万里的民航客机，也来自星光下人们聚集纳凉的打麦场。

　　我们说，万荣笑话是从广大群众中来的，是从他们丰富多彩的生产劳动和社会生活中来的，是无数双眼睛从生活中发现的摄取的，是无数心灵从生活中打捞的捕捉的，是经过无数大脑加工的创造的，是经过无数嘴巴宣讲的传说的。也就是说，万荣笑话是广大人民群众的集体智慧、集体心血、集体劳动和集体创造。

万荣县是万荣笑话的起源地。历史上广泛流传于万泉、荣河一带的荣河七十二争故事，为今日广泛流行于运城地区，以及山西、北京和南方地区的万荣笑话开了先河。人们就是以荣河七十二争故事的"争气"特色为蓝本，生发、创编、繁衍、升华出今天更加脍炙人口、更加让人喜闻乐听的万荣笑话。

这里搜集的万荣笑话不一定就是发生在万荣县境内，不一定就是发生在万荣人身上，也不一定就是万荣人自己创编的故事。应当说，万荣笑话继承了荣河七十二争故事的精神灵魂，它主要产生于万荣县和运城地区，是运城地区和万荣县的文化特产。但实际上它的产生地的范围还要广大得多。经过南来北往的人们的频繁的交流沟通，经过绘声绘色的演讲传播，思想和文学的火花互相碰撞，智慧和艺术的灵光互相映照，使得全国各地一些相近于万荣笑话的故事也揉了进来，使得在万荣笑话的盛名之下，集合

WAN RONG XIN XIAO HUA

5

起了一批美的幽默群体。从这个意义上讲,万荣笑话是万荣县和运城地区人民群众吃中华民族五谷、尝神州大地百果而孕造的。

第二段:万荣笑话的主要特点是啥?

既然万荣笑话是从过去的荣河七十二争故事演化而来,那么其基本特点应当比较一致。这就是故事都是以讲"争气"为主的。故事大体的模式是:你不叫我这样,我偏要这样;大家都不这样,我偏要这样;从一般常规上讲不能这样,而我偏要这样。带有荣河七十二争故事的执拗、要强、不服人、不听劝、硬上坡等等意味,是万荣笑话的特点之一。

万荣笑话的第二个特点是具有很强的喻理性。其故事中埋藏着深刻的哲理,一般来说是"正理反说",从反面讲述一条道理,通过说这可笑,这不对,而说明那可信,那正确。

万荣笑话的第三个特点是具有非常好的幽默感和可笑性。为什么近年来万荣笑话无脚而走遍全国,无翅而飞遍各地?其可笑性是原因之一。故事集中了生活中许多十分可乐的东西,或善意地讽刺,或轻松地挖苦,在精妙的编排下,给人们提供合情合理的笑料。这在所有的地域性的民间故事中是独一无二的。

万荣笑话的第四个特点,是它具备广泛性和群众性。万荣笑话是人民群众创造、人民群众传讲的,它是地地道道的民间故事。无论工、农、商、学、兵,不管是干部还是普通群众,都讲,都听,都编,只要是符合万荣笑话的精要,想怎么讲就怎么讲,想怎么编就怎么编,谁也不限制谁,谁也不指责谁。任何人都能参与,任何人都可以有所作为,任何人都能为它添砖加瓦、添枝加叶或节外生枝,只要大家认可就行。

万荣笑话的第五个特点,是它具有很好的开放性和巨大的可塑性。开放性使它可以面对全国广纳天下民间故事的精华,又可以面对全国听众有声有色地讲演。它接受全国,全国也接受它。可塑性是指它有不断变化和完善的特点。同一个故事,三年或一年之后再听到时也许就有所改变了;同一个故事,在甲地听的和在乙地听的也不尽相同。用不惜改变自己、重新塑造自己的办法来不断地提高和完善自己,是万荣笑话的不衰之谜。

第三段:万荣笑话的价值何在?

万荣笑话是民间故事精品,可以称为我国民间文学宝库中不可多得的瑰宝之一。它现时代的意义在于美化人们的精神文化生活,开发笑声,培养幽默,增添欢快,陶冶情操,从而充实精神空间,提高生活质量。

一些知识分子说过,农民不懂得什么是幽默;一些西方国家的人也说过,中国人不怎么会幽默。由黄土地上萌芽而得到无数人民群众培育灌溉的万荣笑话,彻底否定了这种说法。事实说明,幽默是群众创造的,而不是学者创造的;中国人不是不会幽默,而是中国才是诞生高档次幽默的土地。

古往今来,我国人民创造的民间故事何止千万?而要论故事的幽默、诙谐、好笑,要论这个特色的整体一致性,当首推万荣笑话。说它是我国民间故事、尤其是现代民间故事的幽默精品,一点儿也不言过其实。这里所搜集的万荣笑话,不能说篇篇都是珠玑,但整体上可形成精品的阵容。

这些笑话都很短。在民间故事中它属于短小族。但这些笑话有必要的故事情节,不像寓言那么干脆简练,也不像寓言那样严肃认真。短虽短,但却能寓教于乐,寓教于笑,笑中有理,理中有教。它为人们解颐开颜之后,还留给人们启迪,留给人们理性的思考,人们在这种启迪与思考的咀嚼与回味中品尝和领会到哲理,或明白和悟出一个道理。这,应当是万荣笑话的第一个贡献。

当人们从过去那种政治挂帅、政治第一的生活中解脱出来而步入市场经济社会,开始努力追求物质与文化生活水平同步提高的时候,万荣笑话于是有了相当重要的身价和不可替代的作用。近年来,万荣笑话像磁石一般吸引着男女老幼。哪里有人讲万荣笑话,忧愁、苦恼就在听万荣笑话中不知不觉地溜走了,欢乐和兴奋就在听万荣笑话中不知不觉地走来了。万荣笑话讲到太原,太原人一片笑声;讲到北京,北京也一片笑声;讲到麦田、果园、矿山、车间,处处飞起欢乐的鸟儿。万荣笑话是快乐的使者,它是生活中的味精,它的第二个贡献是通过为生活增加乐趣而使人们的生活质量提高。

WAN RONG XIN XIAO HUA

9

万荣笑话的第三个贡献就是丰富了我国民间文学艺术宝库。如果说,我国民间文学艺术宝库里早就是珍宝如山、琳琅满目的话,那么万荣笑话更给它增加了一份珠光宝气。"锦上添花"也许更为恰当——这朵美艳的花朵不仅给民间文学这个最古老的文学艺术形式注入了新的生机,还推动和启发人们重新去认识和评价民间文学在现代化建设中的特殊作用,以更好地利用它为精神文明建设服务。著名小品、相声演员博林先生几次来运城,每次都对万荣笑话大加赞赏。他说:这些都是小品、相声的难得笑料。

第四段:万荣笑话应该如何读、如何讲?

万荣笑话是万荣县和运城地区的一个文化特产。虽然它容纳了外地很多笑料成分,但它的地域性特色仍十分明显。本书笑话在整理过程中,也遇到了保持地方方言习惯特色和尽量通俗化、大众化的矛盾。但是从结果看,这个矛盾处理得还比较好。

我们在读这些笑话的时候,应当根据自

己的理解能力和想象能力来领会笑话的精妙之处。您的经历和您的积累会把您带到比笑话还精彩的境界。笑话是要讲给人听的,万荣笑话讲出来比读文字更动人。任何人都可根据自己的理解和创造为故事添油加醋,使之更加美妙、娓娓动听。相信读者在讲述书中这些笑话时,比书中的笑话要讲得好。

第五段:万荣笑话的走势和前景如何?

万荣笑话发展壮大到今天这个盛况,是与社会经济的发展进步、人民群众物质和文化生活水平的迅速提高、人民群众对文学艺术的特殊渴求和对生活的轻松化、愉快化、幽默化的热切向往密不可分的。正是由于这种"呼唤",万荣笑话才有了发展兴旺的土壤和气候,才得以绵绵不断地产生,又枝繁叶茂地生长。

时代需要它,人民需要它,它就能生存,它就能蓬勃发展。

万荣笑话很难考证出是何年何月诞生的,但可以断定它的历史比新中国的历史还要悠久得多。从50、60年代开始,运城地区和万荣县一些有能力的人就开始尝试把荣河七十二争口头传说用文字形式来表达。1993年,《山西晚报》连载了20多篇管喻编写的万荣故事。1997年，山西人民广播电台还搜集、录放了许多万荣幽默故事。前不久，万荣县几位同志编著出版了《万荣72zeng笑话》。万荣县的《万荣人》报陆续登载了一些万荣故事。随着这本《万荣新笑话》的问世，我们说，一个发掘、整理、创造、传播万荣幽默故事的热潮正在来临，万荣笑话将迎来它的百花齐放的春天。我们可以预言，在今后不长的时期内，万荣笑话的开发整理工作将会出现日新月异的大好局面，将会有绵绵不断的万荣幽默佳作以文字形式、广播形式、连环画及漫画形式问世，甚至还会以小品、短剧、相声等说唱形式和电视小品等形式问世。我们期待着这个民间文学艺术瑰宝大放光芒、异彩纷呈！

第六段：万荣笑话将与你发生什么关系？

您只要读一读万荣笑话，您只要听一听万荣笑话，相信您就会与它发生关系，一种难舍难分的关系。这种关系从大处说是人与文学艺术的关系，从小处说是您与幽默精品的关系。由于万荣笑话是人民群众的创造，是从生活中晶化而来的,所以,这些故事您总觉得亲切、熟悉,而又那么不太认识。

万荣笑话会给所有的读者和听众以特殊的享受。这是毫不含糊的。

万荣笑话会为您昭示哲理,激发您的想象力,增加您的幽默感,强化您对人间生活趣味的认识,诱使您对人生和生活产生更大的热爱。这是肯定的。

万荣笑话还会为您提供一个锻炼口才的机会,创造、改编故事的机会。您如果讲万荣笑话讲得十分抓人,那么,您还将赢得一个在众人面前骄傲的机会。

谨作此言,列于书前。不当之处,敬请指判。

1998 年 6 月 8 日于运城

WAN RONG XIN XIAO HUA

目 录

万荣新笑话

精典妙笑

万荣新笑话

3

万叶新笑话

悄然暗笑

会心一笑

KAI HUAI DA XIAO

开怀大笑

●人生如果没有大声说笑，那就无异于一盏没有油的灯。

——司各特

●笑，就是阳光，它能消除人们脸上的冬色。

——雨果

●靠着笑的才能，人才比一切动物优秀。

——爱迪生

万荣新笑话

饭 前 饭 后

立冬胃口疼，到卫生所开了一包药。医生再三嘱咐，一定要"饭前服药"。

几天后，立冬的胃口疼得更凶了，被家人抬到了卫生所。给他开药的那个医生问他："上次开的药吃了没有？"立冬不高兴地说："还说吃药呢，那药没法吃。"

"怎么没法儿吃呢？"

"这还用问？一天三顿饭，今天的早饭前，是昨晚的晚饭后；今天的午饭前，是今天的早饭后。你说，这药咋个吃法？我的好医生哩，你不想给咱治病就算了，为甚还要耍弄咱？"

3

万荣新笑话

原来是咱骑法不对

安安妈得了病，安安爸叫安安到山下 20 公里外的镇上去买药，并再三嘱咐他：一定要在天黑前把药送回来。

安安满头大汗地赶到镇上，买好药，太阳已经偏西了。为了能赶天黑前把药送回家，安安找老同学借了辆自行车。

回家是大上坡，又偏偏遇上了顶风，安安用上吃奶的劲，车子仍然骑不快。安安看到迎面而下的几个人不费什么劲车子却骑得飞快，于是叫住一个人问道："朋友，咱吃奶的力气都用上了，车子就是骑不快。是不是咱骑法不对？"

那人嘿嘿一笑说："对哩，你的骑法就是有问题。"

"应该咋个骑法？"

"那还用说，跟上咱往坡下骑就对了。"

安安掉过车子，跟上那人往下骑，果然快得像坐上飞机一般。他高兴地说："哎，不是咱骑不快，原来是咱骑法不对。有这速度，五分钟后咱就到家了！"

万荣新笑话

三敢吃凉粉

敢最爱吃荣河镇上的凉粉，可又不想花钱买。

这天，他看见有人在"万荣凉粉摊"上吃凉粉，就慢慢地凑过去。人家吃得吸溜吸溜地，他馋得直流涎水，只好掏出蒸馍来，人家吃一口凉粉，他就狠狠咬一口蒸馍。

等那人吃完一碗凉粉，三敢也把一个蒸馍吃完了。他问那人："这个摊上的凉粉咋样？"那人道："好吃哩！"

"好吃个屁！"三敢一听就大发雷霆："我一点儿芥茉味也没尝出来，怎么能说这凉粉好吃！"

万荣新笑话

卖 公 鸡

老胡家的公鸡实在是怪，黎明不叫半夜叫。而且它一叫村里的公鸡就都叫开了，搅得自家和村人们都睡不好觉。

于是，有人骂道："谁家的死鸡！养这鸡的人家不得好死！"

老胡一开始装聋作哑，后来被骂得受不住了。一天，他和老婆商议如何处理这"死鸡"。杀吃了吧，舍不得；送了人吧，更舍不得。两口子为这事愁了好几天。

一天，老胡从地里一回来，老婆就兴冲冲地对他说："总算把这'死鸡'处理了！日后不怕鸡扰，也不怕人骂了！"原来，老胡的老婆把鸡卖给了街对面的狗剩家。老胡也认为这样处理很好，实实在在地把老婆夸奖了一番。

谁知，一到半夜，鸡叫声又闹腾起来。老胡怎么也想不明白："这是咋哩，鸡都卖了，咋它还要折腾咱呢？"

9

老六下蛋

供销社的老娄正发愁完不成鲜蛋收购任务,恰巧碰见里屯村的虎生。虎生对他说:"我村的吉老六家里有蛋,起码能收半筐子。"

老娄提着秤杆去找吉老六。吉老六一听老娄上门来收购鸡蛋,气哼哼地说:"扯淡!你收蛋,我还收蛋哩!是哪个二蛋货告诉你我家有蛋?混蛋扎啦!我连鸡都没养,难道我会下蛋?"

老娄耐住性子说:"你别管谁告诉我的。你行行好,帮老弟把任务完成了。"

吉老六一听更来火了:"这是哪个坏蛋,故意捣蛋,真操蛋!欺负老子,老子可不是软蛋。实话再说一遍:没蛋没蛋就是没蛋。谁要是有半个鸡蛋,就是乌龟王八蛋!"

老娄听到此时才真相大白,他扑哧一声笑了说:"好六哥了,你别说了,你说出那么多蛋了,怕我的筐子也盛不下了!"

11

谁 是 流 氓

根平坐火车到南方出差，没想到在上火车时差点被人认作流氓。

事情是这样的：上车的人很拥挤，排在根平前面的是一位美貌女子。她背着一个沉重的背包，穿着很窄的"一步裙"。车厢的阶梯很陡，那女子几次抬腿，都因"一步裙'卡住了大腿而无法迈上去。

后面一堆人急着上车，都乱挤乱嚷嚷开了。大家一嚷，女子急了，伸手到背后去解"一步裙"的扣子。解开一个，她的腿仍抬不起来，于是她摸索着连住解开了 3 个扣子，可是一抬腿，还是上不去。

这时在女子身后的根平急了，他一手掂一只提包，夹住那女子的腰部往车上一推，女子终于上了车。

可是上车后女子就骂他说："流氓！"

根平一听就说："流氓？我还没说你哩，你把我裤子前面的扣子都解开了，你才是真正的流氓哩！"

13

治 错 啦

铁蛋慌里慌张地跑到村卫生所，呼哧喘气地问老中医："大夫，您有没有治打嗝的好法子？"

老中医人称"热心肠大夫"。他见铁蛋手捂着心口喘气，就急忙请铁蛋坐下，说："别急别急，治打嗝我倒是有一绝招。"说完，托起铁蛋下巴，啪啪就扇了铁蛋两耳光，接着啪的一记猛掌拍在铁蛋天灵盖上。这几下打得铁蛋眼前发黑。

老中医说："怎么样？不打嗝了吧？"

铁蛋说："我本来就不打嗝，我是给我爸来问医的！"

蹦渠与跨渠

有个外号叫"书呆子"的人到万荣农村游逛。他走到一条水渠旁问地边一位正在引水浇地的农民："有没有绕过去的路？"

农民说："这水渠窄窄一点，你一蹦就过去了，不需要绕路。"

"书呆子"听了就双脚并拢站到渠边，接着使劲往对面一跳，结果扑通一声掉在渠里。

农民说："你怎么这样跳？你如果一只脚在前，一只脚在后，这么一跨就跨过去了。"

"书呆子"埋怨说："你说的让我蹦嘛。要是你说让我跨，我还能掉到渠里？"

比咱们那几年还穷

腊月二十五，大牛进城办年货，邻居大桂托他捎一本挂历回来。

大牛办完自己的事就到挂历摊上买挂历。挂历品种繁多，可是大牛看了半天却没有买。

回到村里，大桂就问大牛："你为啥不买一本捎回来？"大牛说："咳，你不知道，那挂历上的姑娘，一个个长得蛮不错，可就是都没有衣服穿。她们比咱村那几年还穷哩！我不想看见人受穷！"

19

万荣新笑话

还是你耐看

富生这几年种苹果、贩苹果发了财。前不久，他和他媳妇到大连去旅游。大连的风景特别优美，两人看了几天也看不够。

最让富生着迷的，是大连的姑娘。她们个子长得很高，腿长得很长。富生一见了她们，总是目不转睛地盯住她们看。

媳妇发现他这样，就拧他一把说："别把眼珠看进人家的肉里去了！"

富生说："你知道啥？我本来不喜欢看她们，后来越细看、越狠看，才发现她们比你差多了！还是你耐看，还是你耐看！"

你敢吃我也敢吃

老南受老婆的指派，到市场上买了1公斤西红柿，用篮子拎着回家，半路上碰到王乙。

王乙看见老南手中的东西眉开眼笑，他说："我最喜欢生吃西红柿，想不到老兄您正好买来。"老南说："这是我老婆让我买回去做西红柿面条用的。"王乙说："就吃一个。"

老南无法脱身，只得给了他一个。谁知王乙两口就把它吞下了肚，吃完后，他仍抓住篮子不放，说："太好吃了，再吃一个吧。"老南不肯，说老婆回去要骂。王乙说："谁让你把我的吃瘾逗上来了，再吃一个。"

老南说："你别急嘛。"然后他自己拣出一个最大的西红柿大口大口往肚里吞。吞下肚，又急忙拿起一个大口大口地往肚里吞。王乙见此情景十分惊讶，他忙问："老南，这是什么意思？"老南说："你说你爱生吃西红柿，你哪里知道我比你更爱吃，只是怕老婆骂我才没敢吃。现在你吃我的西红柿，你敢吃我也敢吃！"

23

抢 购 邮 票

这还是几年前的事了。老冯听说寄一封平信要由原来贴8分钱的邮票改为贴2角钱的邮票,心想,这可要提前做点准备。

他儿子来信了,让他尽快回信,他写好信,可是不寄;他哥哥来信了,他也写了回信,但是也不寄。老婆催他,他说:"急什么?等到'邮票涨价'后再寄才有意义呢。"

老婆不解其意。老冯说:"我早都做好准备了。"他借了邻居50元钱,加上自己的50元钱,一共买了100元钱的8分面值的邮票。有人问他买这么多邮票干什么用,老冯说:"平信马上就要涨价,你不买?"

实行新邮资的第一天,老冯抱了一大堆信来到邮局。女营业员见他每封信上仍贴的是8分钱邮票,就把他的信统统拿出来:"新规定:贴够20分邮票才能邮寄。"

老冯胸有成竹地对营业员说:"师傅,新规定我当然知道,可我这些邮票都是在涨价以前买的,而且,信也是在涨价前写的呀!"

25

该不该画汾酒

老九和老七相约：二人都用最吝啬的方式请对方喝一次酒，但酒不能少于1瓶，菜不能少于6个。

到了请客那一天，二人赤手空拳在街头相见，老七先请老九喝酒。只见他从怀里摸出一台单放机，按下键门，事先录制好的声音便从里面传出："杏花村酒一瓶，莲菜、花生、牛肉、猪蹄、粉皮、腐干各1盘，请老九先生享用！"

接着老九请老七喝酒。老九一言不发地从怀里摸出一张纸来递给老七，纸上画了6盘下酒菜和1瓶汾酒，旁边写着一个大大的"请"字。

老九的老婆一看这张纸就有点发火，她说："人家请你喝杏花村酒，你也应该回敬他杏花村酒，怎么能让他喝这么贵的好酒呢？那咱们不是吃大亏了吗？"谁知老九说："咱们不吃亏！你想想看，杏花村酒要写4个字，而汾酒虽然贵了些，却少写两个字，省了咱们不少墨水和气力呢！"

27

错误的袋子

喜才早上开启大门，就发现门外的大路上有 3 条装化肥用的编织袋。他走过去提起来一看，又扔在原地走回来。

老婆问他："为啥不拣回来用？"喜才返回去提起袋子递给老婆说："嗨，不能用！你瞧，这袋子是错误的袋子。上面呢，没有口，下面呢，没有底，别说装不进去东西，就是能装进东西也要漏光的！什么人设计的这种袋子！"

老婆先是一怔，后来才骂道："你真笨！快去把剪子和针线给我取来！"

喜才不敢怠慢，忙递上老婆所要的东西。只见老婆挥动大剪刀嚓嚓地在袋子上面剪开口，又用针线把袋子下面的口缝住，这样，袋子又有口又有底了。喜才高兴地说："还是我老婆聪明！"

29

万荣新笑话

蚊帐还是人帐

去年夏天天气非常热，每天晚上老油都铺上凉席到院子里去睡。可是外面蚊子很多，老油最怕蚊子咬，于是跟老婆商量后买了一顶蚊帐。

老油邀邻居帮忙，把蚊帐吊在院子中间的几棵大树之间。傍晚蚊子飞来的时候，他又到门口叫了几个孩子，每人发给一只鸡毛掸子，大家一齐把院子里的蚊子往蚊帐里面赶。孩子们费了九牛二虎之力，才赶进去十几只蚊子。

老油说："每天咬我的就是十几只蚊子，现在它们都在这里了，我要把蚊帐关住了。"他把蚊子困在蚊帐里之后，从屋里搬出木床支在蚊帐外面，然后放倒身体呼呼大睡。

天亮之后老油才发现，自己身上被蚊子咬了几十个疙瘩，奇痒难耐。于是他拽下蚊帐去找消费者协会投诉。他说："这蚊帐是假冒产品。"协会负责人问："为什么？"他说："我明明把蚊子都赶进了蚊帐，可是身上还是被蚊子咬了，你评评理。"

负责人大笑说："你应该睡到蚊帐里才对，可是你怎么能用蚊帐关蚊子呢？"老油说："蚊帐蚊帐，不关蚊子叫什么蚊帐？如果蚊帐是用来关人的，那就应该叫人帐嘛。这是商品名称和商品用途不符，不是假冒商品是什么？"

31

桌子不转人转

邻居的儿子结婚，邀老迟到饭店吃酒席。酒席一共4桌，3个桌子上都安放着转盘。想吃什么菜，用手一拨转盘，菜就转到自己这边来了。

可是老迟去得晚了，只好坐在那个没有转盘的桌子旁。菜摆了一大桌，远处的筷子够不着，老迟只好站起来夹菜，这样太不方便了。

同桌人想了个办法，就是过一会儿把菜盘倒换个位置，使全桌人都能吃上各种菜。老迟嫌这样太麻烦，他对大伙说："干嘛要动盘子？桌面不会转，咱人会转嘛！每上一道菜，咱们全桌人都起来离开你原来的位子坐到你右边的位子上，这样，问题不就解决了吗？"

大家一听齐声说好，并推举老迟当桌长。每一样菜端上来，老迟就把自己手中的筷子举过头顶喊："起立！向右换座！"然后大伙儿一齐挪动。

饭店老板见此情景，大声责骂老板娘说："我说桌子上不需要转盘，你偏说客人吃菜不方便。你瞧瞧，这钱不是白花了吗？"

33

万
荣
新
笑
话

不打它打谁

老列准备上火车，正要进站时碰到一位卖水果的熟人，于是就和他聊了起来。熟人催他快剪票进站，因为开车时间就要到了。可是老列说："不慌，不慌。"一直聊到火车鸣响汽笛的时候，老列才进站。

他走到月台上，火车已徐徐开动了。他一边跑一边喊："等一等，我还没上车！"但是火车越开越快，司机连理也不理他。

他追不上火车，就从铁路上抓了一把石子打火车，正巧被警察看见。老列对警察说："我进站的时候，火车刚刚开动，他要停，就能停下来。等我几秒钟他都不等，我不打它打谁？"

用昨夜的电

登火当了县城路灯管理所的副所长，专管大街小巷的路灯。由于供电局维修线路，所以县城的南大街一连两天晚上都没有电。没电路灯就不亮了，街上一片漆黑，登火心里很不高兴。

第三天正午12点，输电线路修好电送来了。由于前一天晚上等电来，路灯全开着，电一来马上都亮了。12点时的太阳最明亮，加上闪亮的路灯，街上的行人都觉得眼睛晃得睁不开。

一位老年妇女嚷嚷道："这大白天开路灯，就不怕浪费电吗？"这时登火正在街头视察。他看着闪闪发亮的路灯正得意洋洋，忽然听到老妇女这么说，一下子就火了，他冲到妇女跟前说："啥子叫浪费电？啥子叫白天开路灯？你难道不知道昨夜里路灯没电吗？现在这路灯用的还是昨天晚上的电！"

相对论的作用

风风最怕热天。一入伏，风风就每天拿着一把芭蕉扇扇个不停，就这样他还感到热。摇的时间长了，他感到胳膊很乏，于是他想："能不能想办法不用胳膊摇扇子呢?"

这一天他看了一本书，书名叫《爱因斯坦的相对论》。他高兴地跳起来说："有了，有了! 扇子和人是相对的，你动等于它动，它动等于你动。唷，我以前怎么那么傻呢! "

风风找了一把锋利的凿子，在他平时歇凉的大槐树上比划了半天，然后用凿子在树干上凿了一个小洞。他把芭蕉扇插在洞里说："咳，该试试这相对论了! "

只见风风面对着扇子两面晃动身体，越晃越快。老婆见状忙问："这是做啥?"风风笑呵呵地说："不懂相对论，人摇扇子;学了相对论，嘿，扇子摇人! "

把 我 勾 倒

先先学会骑自行车后，觉得这很轻松。有一天，他去他三姨家。他从来还没有自个儿骑车去过那里。他三姨家有 8 公里远，中途有一条很长的大坡，下了坡就到了。

先先一路把自行车蹬得飞快，不知不觉来到了大坡前。由于坡长车快，他的自行车顺坡飞也似地冲下去。先先从来没有坐过这样快的自行车，又是老在乡村的路上骑，用闸的技术也不熟练，因此慌了手脚。

此时他的自行车向下飞驰，耳旁是呼呼的风声，吓得他脸都变了色。车子越跑越快，对面的车辆见状都减速让道，先先几次都差点撞上拖拉机。

先先心想："必须让车停下来，要不然就会出事。"他忽然想出个好办法，于是对着路边麦田里锄地的农民大喊："把我勾倒! 把我勾倒! "一路飞驰一路喊。有的人明白了他的意思，有的人根本不知道他要干啥。明白他意思的人拿着锄头冲到路边，可他和自行车却早已飞过去了。

有几个聪明人拦住一辆汽车，大家说通了司机，一同拿锄坐上去朝先先追去。追过 100 多米后，大家

41

跳下车在路边站成一排，人人手中握着锄头，刚准备好就见先先的自行车飞到了面前。扑嗵一声，先先飞驰的自行车终于被锄头勾倒在路旁。先先吃了一嘴土，车子也歪了把，但先先从尘土中爬起来却连连感谢众人。

到了三姨家，他见面就对他三姨说："多亏了那些锄地的，不是他们把我勾倒，我现在不知跑到哪个姨家去了！"第二天先先告辞回家，临别他三姨说："没事儿你多来转转啊！"先先答应了，他说："我再次来的时候，您叫几个人在坡下拿锄头等着我呀！"

只偷了一张报纸

一位年轻美貌的女子报告派出所，说老克拿走了她 2000 元钱和一个价值 300 元的手包。

派出所警察立即行动，在老克家里人赃俱获。但老克不承认，他说："我只拿走她一张报纸。"警察问："报纸里包的什么？"老克说："包的是一只塑料袋，值 2 角钱。"警察又问："塑料袋里有啥？"老克说："有一个皮包。""皮包里有啥？""有 2000 元钱。"

警察火了："这不就对了嘛！那你怎么说没有偷钱！"老克大声喊冤："老天爷啊，我冤枉呀！我只是偷了她一张报纸呀，谁让她在报纸里包 2000 元钱呢！"

多吃了两个饼子

老并头一次到稷山,也是头一次在稷山县吃饭。他看见街上的烧饼不错,就走到卖饼子的棚子前去买烧饼。他问打饼子的老汉:"这饼子我吃几个能吃饱?"老汉打量了他一下说:"得3个。"

老并于是买了3个烧饼,就蹲在棚子边上吃。吃完第一个,他感觉没有饱,又吃第二个,吃完,仍旧不饱。第三个饼子一吃下肚,他感觉饱了。

他站起来走到饼子炉前对老汉说:"你日哄我哩!"老汉说:"我从来不哄人!"老并说:"其实你早就知道这第三个饼子一吃就饱了,为什么不让我一开始就只吃第三个饼子?你让我多吃了两个饼子,多花了6角钱!"

45

买大表找小表

木木到城里去买钟表。他到百货大楼的钟表柜前挑选了好一阵子，终于选定了一台"北极星"挂钟。这台挂钟 46 元，他给了售货小姐 50 元。小姐说没零钱，让他稍等一会儿。

木木说："找不开就不找了。"小姐说："还差您 4 块钱呢！"木木指着柜台里的手表说："你把你这小表给我一块就行了。这么大的表才 40 多块钱，你找我一块小表也不吃亏！"

我爸跟我一般大

老顶的一位新任上司问老顶："您父亲还健在吗？"答："健在。""老人家今年多少高龄？""哦，您知道我今年多大吧？我爸就跟我一般大。""哟，您真会开玩笑！您爸怎么会跟您一般大呢？""这很简单呀，因为他生下我他才当了我爸，我和我爸是同时产生的。"

上司听糊涂了，说："你不是还有两个哥哥吗？你爸生下你哥哥他就当了爸了，怎么说生下你才当爸呢？"老顶说："生下我哥他当的是我哥的爸。他只有生下我，才当了我的爸。"

不 要 拉 屎

庄庄和同伴们到城里的"海鲜楼"吃了一顿生猛海鲜，花了一大把票子。他有个习惯，就是每天早上大便。可是第二天早上，他憋住劲不往厕所去。

他妻子发现他坐卧不宁，一直在屋里转圈圈，而且脸色变得铁青，就问他："你身上不舒服吗？"他摇摇头。又问："你心里有急事吗？"他又摇摇头。妻子还想问，庄庄说，"别问了！我什么事也没有，只是屎憋的。"妻子说："那你为啥不去上厕所呢！"他说："你想想，昨天花那么多钱吃了那么多好东西，今天一早就拉掉，那多么可惜呀！我想让它们多在我肚子里呆一会儿！"

跑那么快干啥

老林参加县里一个大型会议。会场离餐厅有300米的距离。散会就餐的时候,天下起了瓢泼大雨。大家因为事先都没带雨具,所以一出会场就快步往餐厅跑去。

人们都在雨中跑,而老林却不急不忙在大雨中走。有人喊:"快跑呀!淋湿了!"老林说:"跑那么快干啥?前面也下雨哩!"

跑着到餐厅的人只淋湿了头发和上衣,而老林却浑身上下湿透了,像只落汤鸡。爱逗笑的人问他:"后面不下雨吧?"他说:"前面也下雨哩。只是我的衣服不耐雨,你们的衣服耐雨罢了!"

万荣新笑话

云处长跳井啦

晋南人把甲鱼叫做王八或鳖。老松当乡长的那个乡就产王八。这年中秋节,老松叫人抓了十几个王八给上级部门领导送礼。王八有大有小,头头们的官职也有高有低。老松让人把他们的名字写在不干胶纸上,从大到小贴在王八背上,官大的贴在大点的王八身上,官小的贴在小王八身上。云处长官最大,写有"云处长"的纸条就贴在最大的王八身上。等王八全贴好条子,老松一数,发展两只王八已跑得不见了。他们清点了半天,才知道是"云处长"和"本处长"跑了。

"快找云处长!快找本处长!"乡里几名干部满院搜寻。找到院子角落的水井边,只见"云处长"已爬到井沿上,见人来抓,那王八就跌到井中去了。"云处长跳井啦!云处长跳井啦!"乡干部一喊,早跑来几个年轻农民下井去救人。他们在井下捞了半天说:"不见云处长,只捞出一只大王八!"

55

县长算啥

积山有座精神病医院。这天，县长到精神病医院去检查工作。他忽然想起一件事情，就用医院的电话通知县政府的值班人员。

可是医院总机不给他接外线。县长只好对接线员说："我是积山县长呀，请您接个外线。"

接线员很不耐烦地说："你是县长？刚才'美国总统'和'英国首相'要往外打电话，我都没理睬他们。你县长算个啥？好好在病房呆着！"

白烧了一回麦秸垛

军军一直渴望当一个"救火英雄",所以,他的自行车后面总挂着一只小水桶。他总是希望能够碰到一场火灾,这样,他就可以在救火中大显身手。

可是,几个月过去了,军军没有遇到什么火灾,他自然也就无法实现他的愿望。

这一天,他实在等不及了,就悄悄跑到村外的打麦场上,把自己家里的一个麦秸垛用火柴点着了。点着后他高声大喊:"着火了! 快救火呀! 快救火呀!"然后他跑到村子里去提水。

村民们听见喊声纷纷提着水桶来扑火,七手八脚就把火弄灭了。这时,军军气喘吁吁地提着一桶水跑进麦场。他一看这情景,扔掉桶一屁股坐在地上说:"这不行! 这不行! 我还没救火哩,你们倒把火扑灭了! 我这不是白点了一次麦秸垛吗?"

59

那就按杂文发吧

老麻见别人在报刊上发表作品，很不服气，也试着写。这天，他把自己写的一篇报告文学拿到报社请编辑同志编发。

编辑细细看了他的稿子，皱着眉头对他说："老麻，实话说，你这篇报告文学文学味不浓，倒像一篇通讯。"

老麻一听，急忙说："那您就按通讯发吧。"

编辑又皱了皱眉说："说是通讯吧，却写得有点散。"话音未落老麻就说："那就按散文发！"

编辑无可奈何地说："散文不行。我意思是稿子写得比较杂……"

"那就按杂文发吧。啊，编辑同志，那就按杂文发！"

精典妙笑

● 笑的理论属于艺术哲学，我们在其中得到的满足是审美的满足。

——科林伍德

● 笑口常开益处多。

——德莱顿

● 浮生长恨欢娱少，肯爱千金轻一笑？

——宋祁

驯 牛

帮帮家的小牛渐渐长大了，到了学习耕田的时候了。可是小牛从没干过活，也不知道帮帮向它喊的口令是什么意思。帮帮决定把小牛训练出来。

他让父亲牵住小牛，然后给小牛套上犁具，他在后面掌住犁杖。就这样，父亲牵着小牛在前面走，他扶住犁在后面发口令。小牛啥也不懂，所以帮帮只好跟他父亲说话。需要往左走的时候，帮帮就对父亲说："爸，往左一点儿！"需要往右的时候，帮帮就说："爸，往右一点儿！"他爸听到帮帮的话，就把小牛往左或往右牵一点儿。

如此这般训练了很长时间，小牛变得听使唤了。这一天，帮帮的父亲说："我看小牛练得差不多了，今儿犁地我就不去牵它了，你去试一试吧。"

帮帮把小牛牵到地里，套好犁后发口令说："走！"小牛纹丝不动。他连喊十几声，小牛也不理睬。帮帮挥鞭狠狠抽小牛的屁股，小牛一蹦一跳地，把套绳也弄断了。

帮帮蹲在地头想了很久，他想："小牛很听话的嘛，怎么现在一反常态？"琢磨了半天，他忽然心头一亮。他整好犁具重新给小牛套上，四面看看田野里并

63

万
荣
新
笑
话

无旁人,就大声喊道:"爸,走!"小牛一听,立刻迈步向前走去。帮帮见小牛走偏了,就喊:"爸,往左一点儿!""爸,往右一点儿!"小牛一听这样喊,十分听话。帮帮骂道:"该刀杀的贼牛,我不跟你叫爸,你就不听我话吗?"

不是买爸哩

有一天，帮帮犁地喊牛"爸"时，差点让下地的邻居们听见。回到家里，左思右想，觉得还是把牛卖了好——哎，这要是传出去人可丢大啦！

几天后，恰逢镇上大集，帮帮咬咬牙，把牛卖给了一个外乡人，顺便又买回一头小牛。了却一桩心事，帮帮心里非常高兴。

谁知，几天后那个买牛的人牵着牛找来了，说："这牛不听使唤，我不买了。"

帮帮的好话说了一堆，把牛价跌了又跌，那人死活不干。无奈之下，帮帮只好说出了实情，并牵着牛带着那人到田里演练了一番。然后说："叫声'爸'怕甚哩，它还能真成了你爸？"

不料，那人更不干了，气汹汹地大喊道："你愿意叫，你就继续叫下去！咱买的是牛，不是买爸哩！你今天要是不退钱，咱可跟你没完！"

65

带锨照相

平平在太原工作,家却在晋南泉村。每年过年的时候,平平都要回来看父母,每年都要和父母一起到镇里的照相馆照上一张全家福。

1997年春节,平平照例和父母、妻女一起到镇里照相。那摄影师是个新手,不知怎么把镜头一低,把平平一家5口人都只照了下半身。等正月十五到镇上取相片时,平平傻眼了,于是跟摄影师吵起来:"怎么能给我们照下半身呢?"摄影师一看也乐了,但他耍赖说:"你的照相单上明明写着:照半身相。你又没有说清是上半身下半身。"吵了半天,也没有结果。

1998年春节再去镇里照相时,平平让每人扛一把铁锨。他们在离镇子不远的空地里挖了一道土坑,然后去镇里请摄影师来照相。摄影师到地里一看,他们家人全站在土壕里,只露出腰以上的半截身子。他问:"这是什么意思?"平平说:"这样防止你再照下半身相!"

67

万荣新笑话

人不可貌相

几个乡亲贩苹果去上海，顺便去看望县上乡镇企业长驻上海的联络员李强强。

强强带着乡亲们去一家国营饭店吃饭，整整等了半小时，硬是没人搭理。

强强看见旁桌比他们晚来的一个人给服务员递了一张名片后，不一阵饭菜就上来了，于是他也去找那个服务员。

服务员斜了他一眼说："那位先生是北京国家部委的，当然要特殊照顾喽。你是个干什么的？嗯？"

强强不慌不忙地摸出一张名片递了过去。服务员看了一眼名片，脸上立刻堆满了笑容，忙说："对不起，让您久等了，久等了！"赶紧写了菜单，送来饭菜。

这个服务员悄悄和其他几个服务员说："真是'人不可貌相''店大欺不得客'呀！这几个乡巴佬还真有点来头呢！"

原来强强的名片上写着：

中共中央国务院

山西运城万荣县

乡镇企业果脯厂

联络部长李强强

广交朋友通四海

69

财源滚滚达三江

不过名片他是这样印的：

中共中央国务院

山西运城万荣县　乡镇企业果脯厂

联络部长　　李强强

广交朋友通四海　　　财源滚滚达三江

70

一米七八

老媒的邻居是一位妇女，这妇女有个姑娘 20 岁了。她央求老媒给她女儿介绍个对象。老媒问她有什么条件，妇女说："个头要高一点，一米七、八就行。"老媒满口答应。

过了几天，老媒领来一个年轻小伙子，他对妇女说："人找下了，您相看相看吧。"妇女让小伙子进了屋，一看那小伙是个跛子，走路一颠一跛的，就把老媒叫到一边说："怎么给咱闺女介绍了一个跛子？"老媒说："这是按您说的标准找的呀！"妇女说："我说要一米七、八的，啥时说过要跛子？"老媒说："对对对，一米七、八，您看，他走路腿颠起来的时候，一米八高，腿跌下去的时候，一米七高。这不是您说的一米七、八吗？"

老鼠药实在好
救妻儿把家保

给老鼠药送匾

乐的妻子生了个男孩,全家高兴坏了。因为老乐家自他老爷爷开始,已是五世单传了。可是,很快全家又被愁云笼罩,因为老乐的妻子没奶水,孩子饿得哇哇叫。喂他牛奶羊奶或奶粉,他吃了就吐。老乐前后找名医看病,不知吃了多少药也不管用。

眼看孩子瘦得哭起来声都不亮了,老乐的父母就开始严厉指责自己的儿媳。他们骂她成心迫害孩子,还说她没安好心,想让老乐家断种绝户。

老乐的妻子受了这么大委屈,实在忍不下去,一气之下到街上买了一包老鼠药,趁着没人悄悄喝了下去。服毒后她躺在床上,把心爱的孩子搂在胸前等死。只听肚里咕咕响,却也不感到疼痛。她一边哭,一边迷迷糊糊地睡着了。

不知过了多长时间,她感到奶头一阵阵胀疼,她被胀醒了。一看自己的两个干瘪的乳房胀得像大馒头一样,她愣住了。再看看身边的孩子,已吃她的奶吃得直打饱嗝。她以为自己已经死了,这是在阴间做梦,于是使劲咬了一下指头,发现这一切都是真的。

老乐全家欢喜若狂。他母亲抱着孙孙问这是怎么回事。听说是喝了老鼠药,老乐的父亲说:"这老鼠

药能下奶,我去把街上的老鼠药都买来吧!"

卖老鼠药的听说后收拾提包正要溜走,却被老乐走来一把抓住衣襟。老乐说:"我要谢你哩,你跑啥?"卖药的说:"我卖的是假老鼠药。"老乐说:"谢你就是谢你的假药哩。要是你卖真药,我还谢你干啥?"

说话间,老乐的邻居早抬来一块金字大匾,是老乐专门为卖药的制做的。上面写着:"老鼠假药实在好,救妻救儿把家保。"

换过来了

县里一个小型歌舞团到万井村演出。歌舞团团长交给村委主任保子一张纸，请他提前在村里贴一张海报。

第二天，当团长率领全团演员来到万井村时，看到村委会门口的海报上写着："前来演出的有52岁的男高音歌手王笛，有25岁的男低音歌手张号……"

团长找见保子说："你这海报上写错了。王笛应该是男低音，张号是男高音。我给你那张纸上写得清清楚楚嘛！"

保子说："没错，你的纸上是这样写的。可是昨天我们村干部研究后不同意那样写——小张25岁就升为男高音，这太不合适。所以，我们就把他俩换过来了。"

75

换 鸡 蛋

唐唐现在已当了招待所的餐饮部经理了，但人们还传说着他当餐饮部服务员的故事。故事是这样的：

有一次县里在招待所开会，参会的人成百上千。早饭每人都有一个煮鸡蛋。大家风卷残云般地吃着饭菜，突然有一个男同志说分给他的煮鸡蛋发黑变味不能吃，要唐唐去换一个来。唐唐很快去拿了煮鸡蛋，却记不清该给谁了。餐厅里碗盘叮当，声音嘈杂，唐唐找不见那人，只好大声喊："刚才哪位男同志的蛋坏了？"一连喊了几声，无人应答。

这时，餐厅负责人走过来捅了唐唐一拳说："怎么能这样喊！快换个说法！"唐唐也明白过来了，转口喊到："哪位同志是坏蛋！哪位同志是坏蛋？"

餐厅负责人见还没有人应答，就高声宣布："这个好蛋放在窗台上了，谁缺一个蛋，自己去拿吧！"

卖 棉 花

铁算盘拉了一平车棉花到永河镇上去卖，刚开秤就来了几个买主。买主问："棉花多钱一斤？"铁算盘答："一斤一块八。"大伙觉得这价格很合理，纷纷表示要买几斤回去。铁算盘高兴透了，想不到生意这么好！

他一高兴就头脑发热了。他给张三称了4斤棉花，张三不会算账，问他该给多少钱。铁算盘随口答："一斤一块八，四斤四块八嘛！"有人买6斤，他说："六斤六块八！"他这样一卖，原来买5斤、6斤的人都要求买9斤，因为9斤才九块八。李四说："我买10斤棉花，多少钱？"铁算盘说："十斤十八块，这没错儿！"

旁边一位老汉见状就过去提醒他，说他算账算得不对，少收了人家的钱。铁算盘听了说："老人家，你该干啥就干啥去吧，不用为我操心。我没有这两下，还敢在永河镇上卖棉花？"

二八一块八

老鬼卖菜有和别人不同的地方，那就是他有自己编的一套乘法口诀。他用他的口诀算账，一般人不仅不容易识破，还常常被它弄晕。

有一天，老鬼走街串巷卖苘子白，有个男人要买一颗苘子白。他拿起一颗上秤一称，说："整二斤，二斤整。"那人说："多少钱？"老鬼说："你给我钱，我给你菜，公平合理，都不耍赖。这菜八毛钱一斤，我要九毛钱你不买，你给七毛钱我不卖。不多说了，这是二斤苘子白，二八一块八，你给一块七算啦。少给我一毛钱。哎，叫我抽你一根红塔山烟吧！"

万荣新笑话

连咱万荣都不知道

耿老苗想和在武汉上大学的儿子说说话，就把电话打到儿子所在的中文系办公室。

办公室一位女同志接电话，她是南方人，听不懂耿老苗的万荣土话。她问道："您是哪儿？"老苗说："我是咱万荣嘛！""什么地方？""万荣。""哪两个字？""万荣的万，万荣的荣嘛！"

女同志听不明白就说："请您说得清楚点。"老苗说："嗨，咱万荣嘛，可大哩，有几十万人哩，柿饼，苹果，大黄牛，好东西多哩！"

对方说："都讲些什么呀，牛头不对马嘴的，莫名其妙！"接着就把电话放了。

老苗也很生气。他跟老伴说："武汉人真痴熊，连万荣都不知道。咱娃在那念书，怕的是学不精还学傻了。咱们商量商量，要不，叫咱娃赶紧停学回来吧？"

83

买 灯 泡

光光家的灯泡坏了,他去商店买新的。售货员问他买什么样的灯泡,光光说:"您拿出来让我看一看就知道了。"

售货员拿出了一只灯泡问:"是不是 25 瓦的?"他说:"不像是。"售货员接连拿出几种灯泡,光光都摇头说不是。售货员生气了,把举着灯泡的手垂下来说:"那么我们店没有你要的灯泡了!"

谁知光光喜出望外地说:"谁说没有? 我要的就是这种玻璃朝下、螺丝头朝上的灯泡呀!"售货员说:"那么刚才你怎么说不是呢?"光光说:"刚才您让我看的时候,灯泡的玻璃是朝上的,螺丝头是朝下的,所以和我家的不一样。您放下手我才发现原来是一样的!"

85

万荣新笑话

穷有骨气

前些年，笨娃家里很穷，可他很有骨气，从来不低三下四地去巴结奉承有钱人。

有个十万元户不信花钱买不来巴结和奉承，于是就去找笨娃说："你没钱我有钱，你不想巴结我吗？"笨娃说："你有钱你又不给我，我凭啥巴结你？"

富户说："我把家产给你三成，你巴结我吗？"笨娃说："我三成，你七成，这不公平，我不能巴结你。"

富户说："那么我给你分一半。"笨娃说："你一半我一半，咱俩财产一样多，我为什么要巴结你？"

富户生气地说："我把家产都给你，你总该巴结我了吧？"

笨娃说："这样我就成了富户了。照你的意思，应该是你来巴结我了！"

偷电话

老笑的哥哥是北京某大公司的经理。前几天,老笑专程去北京看望哥哥。由于老笑不愿意到公司餐厅去吃饭,他哥哥只好打电话让人把酒菜送到他的办公室里。酒喝的差不多了,他哥哥又拿起话筒对餐厅人员说:"请做两碗汤送来。"吃完饭,他哥哥又拿起电话说:"再送一些水果和饮料来。"一连几天,每顿饭都是他哥哥打电话叫人把吃的喝的送来。

老笑要回家了,他哥哥送他 1000 元钱,他坚决不要,说:"我不要钱,你能不能送我一件东西?"他哥哥问什么东西,老笑指着电话机说:"就是它。"他哥哥一听就笑了:"咱们老家还不通电话,拿这个回去没有用处呀!"老笑心想:"你有用我就没用?还是舍不得给我嘛!"但他没说出口。

第二天一早,老笑趁人不注意,割断电线把电话机塞进提包里,随后辞别哥哥坐车返家。

一回到家他就对母亲说:"这下好啦,咱们吃啥都不用愁啦!"母亲莫名其妙。老笑掏出电话机,对着话筒说:"喂,把酒菜送到我家来,我和我妈吃饭了!"过了一会儿,没有动静,他又拿起话筒说:"怎么,菜还没有做好吗?那就先送些水果来!"

电报寄鞋

老买的儿子在大学读书。国庆节前，老买发现自己的鞋破了，就上街买了一双。他又想，儿子的鞋大概也破了，就为儿子也买了一双。回到家里，他让老婆赶快缝个包裹把鞋寄给儿子，好让儿子在国庆节能穿上新鞋。

老婆说："包裹要走好几天哩，咱们应该想个更快的办法。"老买想了半天说："咱们用电报寄吧，电报最快。"老婆忙问怎么寄。老买说："这就不用你操心了。"

老买跑到村外，用一根竹竿把鞋挂在电线杆上，然后回家向老婆交差。老婆说："只听说过电报寄信，电报寄鞋还没听说过，咱们快去看看。"

等老买和他老婆赶到村外时，有个小伙子早把新鞋取下来自己穿上，又把旧鞋挂在原处溜走了。老买一看拍着手说："嘿！这电报就是快哇，才一袋烟工夫，咱娃就收到新鞋，又把旧鞋给咱寄回来了！"

牛肉饺子换羊肉泡馍

老蚕到饭店去吃饭，看到这家饭店的牛肉蒸饺非常好，于是就点了一盘。

当服务员把饺子端来的时候，他突然看见邻桌的一个人正在汗流满面地吃羊肉泡馍。老蚕最爱吃羊肉泡馍，于是他改变主意，要求服务员把牛肉蒸饺换成羊肉泡馍。

服务员端走蒸饺，又端来一大碗热气腾腾的羊汤。老蚕吃得快活极了，可是他吃完后擦擦嘴就走。

女服务员追上他说："先生，你吃饭还没有付钱呢！"老蚕笑咪咪地对服务员说："小姐，你弄错了，我本来就不该付钱。"

服务员忙问是什么原因。老蚕说："道理很简单，我本来就没有吃你饭店的东西，我吃的羊肉泡馍是用蒸饺换的，我凭什么付钱？"服务员说："那盘蒸饺是我们饭店的。"老蚕说："可问题是我已经把它退给你们了。"

这头不是那头

老昏昏有一头驴，又馋又懒又脏，不好好干活，还挑草挑料的。老婆给老昏昏数了100元钱，让他把这头赖驴牵到庙会上卖了，然后添钱买一头好驴回来。老昏昏领命而去，把驴牵到庙会上的牲口市。有位年轻人出300元买他的驴，老昏昏与他讨价还价，最后以320元成交。

老昏昏点清款额，换过缰绳，急忙跑去吃羊肉泡馍，因为他实在太饿了。吃饱饭，他想起老婆交给的另一任务，于是跑到牲口市上买驴。

远远看见一头黑毛驴又高又大，浑身干干净净，就走到跟前问价。那个卖驴人正是刚才买他驴的年轻人，买下他的驴后，年轻人把驴牵到河边洗了洗毛，然后又牵回市上卖。不过，他现在脱去了黑衣服，又戴上一副墨镜，老昏昏不细看哪儿能认出来！

老昏昏问："驴多少钱？"年轻人："450元。"老昏昏说："只值400元。"年轻人："你诚心买？"老昏昏说："我得试一试吃手哩。"年轻人掏出半块白面蒸馍说："请试吧。"

老昏昏把蒸馍递到驴嘴边，驴本是个馋驴，一嗅到蒸馍香，就大口吞吃起来。老昏昏点点头："吃手不错，400元我买了。"年轻人说："便宜你了，掏钱吧！"

老昏昏兴冲冲地牵着驴回家，刚到村口，那驴就挣脱缰绳向村里跑去，一直跑到他家院子，进了驴圈去吃草料。老昏昏高兴地对老婆说："不是一家人，不进一家门。看来这头驴是买好了，一来就认得咱家！"

老婆仔细端详了一番说："这驴好眼熟啊，它不是咱原来的那头驴吗？怎么没有卖？"老昏昏说："你错了！咱那头驴又脏又臭，浑身是土，这头驴又黑又干净；咱那头驴只卖了320元，人家这头驴却足足卖了400元哩！哈，你错了！"

火车跑气

老车第一次坐火车的时候，曾弄了个大笑话。那天，他来到火车站，刚到站台边上，就听见火车头"呜"地响了一声，又看见一团白色的蒸气喷出来。他想，坏了，火车跑气了！

为了弄个究竟，他从站台边上绕到站里去看，发现有个工人拿着小锤子在火车轮子上叮叮当当地敲打，一看那轮子，光溜溜地扒光了轮胎。于是，他就退了票回来了。

他母亲问他怎么没走，他说："火车跑气了。那么多轮胎，等补好了不知要到啥时候了！"

万荣新笑话

脱裤子等电

不知怎么搞的，老局住的村里供电很不正常，白天常常没电，晚上电来得也很晚。村民们等电来了打开电视机，电视节目就播完了，只能看见"再见"两字。所以有人编了两句顺口溜说："一脱裤子就来电，打开电视看'再见'。意思是说等到村民脱衣睡觉时，电才送来。

这天，老局的儿子结婚，晚上村民都来看新娘，闹洞房，可是迟迟不来电，弄得人们很扫兴，老局也急得没办法。突然他大叫："有了！诸位都等一下！"只见他脱了鞋上了新房的鸳鸯床，把床上的新被子铺开，然后就脱下自己的裤子。

新娘和客人见老局这样，都惊得目瞪口呆。老局把裤子脱掉后说："诸位，电马上就要来了！"可是半根蜡烛都烧完了，电还是不来。老局骂道："这电力局尽是诓人哩，说'一脱裤子就来电'，现在裤子、衣服都脱了，怎么还不来电？"

万荣新笑话

再拉几下开关

老拉长期生活在一个偏僻的山村，那里不通电，老百姓晚上都是点煤油灯照明。加上老拉从不看书读报，所以他对电的知识几乎不了解。

一次，他去城里他二姨家做客，全家人正在灯下吃晚饭的时候，不知什么原因停电了。二姨急忙找蜡烛和火柴，老拉却说："电灯开关在哪儿？请让我拉住开关绳。"二姨不知何意，就把电灯开关的拉绳递到他手中。他一连拉了几十下，说："怪，怪，怪，这电说没有，还能一点点儿也没有了？让我再拉几下看看！"

万荣新笑话

左边让谁走

高子没有在城市里骑过自行车，他在农村生活惯了，根本不懂城市里的交通规则。

有一天，他骑自行车进城，走到大街上，听交通警察在电喇叭里说："行人车辆一律靠右边走。"高子自言自语说："这真是胡整哩。"本来他应该顺着大街右面走，他偏把车子骑到左边走。

一辆汽车迎面向他开过来，吓得他两眼一闭。只听啪的一声，高子连人带车子摔倒在路上。汽车来了个急刹车，差点轧住他。

交警跑过来扶起他说："骑车子要靠右边走，您怎么不听呢？"高子嘲笑着说："我不是不听你说，而是你说的不对头。照你说的'行人车辆一律靠右边走'，那路左边让谁走哩？"

超你两辈

长长的爹在他很小的时候就去世了，他是从放在桌子上的照片上认识他爹的。

有一天，他家里来了一个骗子，进门看见桌子上放的长长的爹的照片就哭开了。骗子哭得十分伤心，这倒把长长弄得丈二金刚摸不着头脑。

长长问骗子："你是什么人？为什么一到我家就哭？"骗子又哭了几声才慢慢地说："你问我是什么人？我正要问你是什么人哩！你为什么把我哥哥的照片放在桌子上？"

长长一听更加惊讶了，他问骗子："你说什么？我爹是你哥哥？"骗子道："是呀，他是我亲哥哥。他是老大，我是老二。谁知道他早早去世了，连他有个亲兄弟也没有给你们交待呀！呜，呜，呜……"

长长信以为真，忙请"叔叔"坐下，让爱人做饭给他"叔叔"吃。酒足饭饱，骗子起身要走，说："我是来这儿出差的，听说我哥哥家在这儿就来打听，想不到打听到我的亲侄儿了！这样吧，我还有事要办，过几天来看你们。"长长留不住他，送了些礼物给他，骗子拿上东西走了。

邻居有人问长长："你刚才送的什么人？"长长说是小时候失散的叔叔。邻居说："我认识他，他前几天就在这儿骗东西。"

万叶新笑话

长长一听急忙去追那骗子。追上骗子后长长骂道："哼，你骗我东西我都不在乎，最可恨的是你说我爹是你哥，你是我叔！哼，我爹倒是我孙子哩！我超你两辈！"

把话说得活活的

小猴有句名言是：把话说得活活的，啥事情都不是绝对的。

这一天，小猴的父亲把小猴和小猴的两个哥哥叫到一起商议承包荒山的事。父亲说："我想承包 1000 亩荒山，现在要交 3000 元钱承包费。你们弟兄三个一人拿 1000 元吧！"弟兄三个都不想出钱，就一齐劝父亲不要承包荒山，说山上啥也不长，谁承包谁吃亏。

他父亲听出了其中的意思，说："我说承包就要承包。我是老子还是你们是老子？"看父亲真的动了肝火，小猴的两个哥哥都不吱声了。而小猴却说："爸，请您把话说得活活的，因为啥事情都不是绝对的！"

他父亲一听就吼起来："我是老子还是你是老子，这也要说得活活的吗？"小猴也吼着说："谁是老子也不是绝对的，话一定要说得活活的！"

财娃赶集

这天是初八，永合逢集。鸡刚叫头遍，财娃就起来了，他要到永合集上卖晋糕。他出门时，媳妇说："我想跟你去赶集。"财娃说："好好在家里给娃做饭，女人家到集上有啥逛的？"说罢，推上车子就上路了。

走到半路，他放下车子，钻到高粱地去解手。正巧本村卖凉粉的二楞也去赶集。他认得财娃的车，想跟他开个玩笑，就把他的车子掉了个头放在原处。

财娃出了庄稼地推起车就走。天麻麻亮时，他正好又推到自家门口。只见他媳妇顶着手巾在打扫门前。财娃上前一把夺下扫帚撂在地上，指着媳妇骂道："不叫你来，你偏不听，反倒比我来得还早，可给我扫场子占地方啦？"

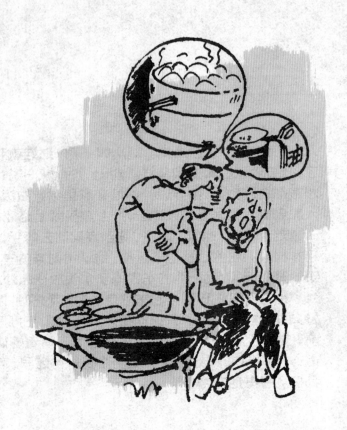

省油之法

有个卖炸麻花的老板外号叫"不够数"。他卖的麻花是 100 根一箱，可买的人买到家一数总要缺一两根，人们回头去找他他又不承认。喜子决定去治他一下。

这天，喜子到"不够数"的炸麻花锅前转了一圈，然后摇着头说："太费油了！太费油了！"

"不够数"听见这话心中大喜，以为遇见了高人，忙说："师傅请坐。"喜子说："我没时间坐，我要去吃饭哩！""不够数"喊叫店里人说："买些酒菜来，我要和师傅认识认识。"

酒菜来了之后，喜子痛快地吃喝了一顿。吃罢喝罢起身要走，"不够数"拉住他说："师傅请教我个省油之法。"喜子附在他耳旁说："你卖蒸馍多好，一点儿也不用油！"

111

万叶新笑话

卖老婆

存才外号叫"怕哥"，全村人数他最怕老婆，可是他从来不承认。

这天，他和几个小伙子在一起聊天。小伙子们和他约定：如果他能让他老婆好好地招待他们一次，他们从此不再叫他"怕哥"了。

"怕哥"说："行，那就今天后晌到我家来吧！"

下午，几个人来到"怕哥"家，只见他大腿压二腿地坐在沙发上。他们一来，"怕哥"就喊他老婆来递烟、倒茶。他老婆服服贴贴地照他说的做，而且还端出一盘水果糖请大家吃。

大伙儿你看我，我看你，那意思是说："今天怎么怪了？"大家坐了一个时辰，起身告辞。"怕哥"和老婆热情地把他们送出大门。

小伙子们走了一截儿都想回去再看个究竟。大家悄悄来到"怕哥"的大门前，从门缝中看去，只见"怕哥"正趴在院里，老婆骑在他身上，拍着他屁股说："马儿马儿快些走！""怕哥"说："我走不动了，你下来吧！"老婆说："说好的我招待他们一回，你当马让我骑三圈嘛！不行，快走！"

小伙子一看这情景就推开大门跳到院子里来。"怕哥"大吃一惊，急忙说道："快骑好！今天让你把大

113

家送到家门口，可你刚送出大门就回来了。哼，看我不把你背到集上卖了！"

万荣新笑话

写 信

万荣人有个语言习惯，就是喜欢用"太太"代替"得很"或"极了"来做句子的补语。比如，把"好得很"说成是"好太太"；把"冷得很"说成是"冷太太"；把"漂亮极了"说成是"美太太"。

阳阳的姐姐和姐夫都在上海工作。姐夫是上海人，不苟言笑，阳阳一向害怕他。春节前，姐夫托人给阳阳捎来件皮夹克，阳阳如获至宝。为了表达他的感激之情，他动笔给姐夫写了封信。阳阳本来想说，"以前我很怕你，现在则很想念你"，但他却用方言把信写成了这样："亲爱的姐夫：我以前怕你太太，现在则想你太太。你一定会问我为什么想你太太，那我告诉你吧，因为我刚刚发现你爱我太太！"

他姐夫见信后大吃一惊，他给阳阳回信说："第一，你想你姐姐就写想你姐姐，以后不要再写想我'太太'；第二，我从来没有见过你的爱人，你姐姐也说你还没有成婚，你怎么能说你发现我爱你的太太？"

反正闲不住

刘富贵家准备盖新房，要把几根圆木破成板材，他让儿子去赵有贵家借大锯。

不一会，儿子回来说："有贵大叔说他家的大锯坏了。"

刘富贵说："不借就是不借，不要哄人嘛。早晨我还看见他在用哩。这可咋办？我再去跟他说说吧。"

儿子说："爸，咱家后屋不是放着一张好锯吗？再不用，都锈坏了。"刘富贵说："你不说爸也记得哩。爸不是舍不得用自家的锯，而是我听说今儿上午几个人都要借他的锯用。咱不借，别人也要借，反正他的锯是闲不住哇！"

站起来跑得更快

老莫经常坐火车走南闯北，在村里人眼里，他是个见多识广的人。

有一次，几个村人在议论火车跑得多快多快。老莫听了不以为然地说："你们见过个啥？火车那还是爬着走哩，站起来跑得更快！"

欢乐的笑声是家中的阳光。

——萨克雷

上帝绝不严肃古板，否则他不会赐给我们一项意外的礼物——笑的本能。

——哈利斯

笑就是我们的力量，它能帮助我们建立人类的互爱和美满人生，它可以帮助我们完成美满的事业。

——罗逊

哑然失笑

● 一笑解衰容。
——陆游

● 一笑失百忧。
——陆游

● 恼一恼,老一老;笑一笑,
少一少。
——顾起元

以身试医

运城市有一家安国中医结核病医院，是专门用中药治疗各种结核病的。这个医院的特效药名叫"回生灵"，意思是可以起死回生，百验百灵。"回生灵"在全国的名气很大，许多对西药过敏和用了西药不管用的病人使用"回生灵"，都治好了结核病。

可是身为卫生管理部门领导的老甘草对"回生灵"持怀疑态度。他说："现在许多医院都说它有绝招，许多药品都说它有特效，可是实际情况却不像他们说的那样好。广告用词，言过其实，不能轻信，不能人云我亦云。"

部下问他："照您这样说，怎么才能相信一家医院呢？"老甘草说："这很简单，以身试医！"部下不理解，他说："以身试医就是自己亲自去看病。"部下更糊涂了："如果没有病也去看病吗？"老甘草说："你们真是南瓜做的脑袋，谁生下来就会有病？没有病就不会得个病？得了病不是就能去看病了？"

部下恍然大悟，但谁也不愿意故意害了病再到医院治病。老甘草说："'回生灵'到底灵不灵，我来做个试验。"他每天下了班就悄悄化了装到一家传染病的结核病房去与病人聊天，还同他们睡在一起，用病人穿脏的衣服、用过的碗筷物品。经过一段时间的努力，他终于如愿以偿：胸片拍摄显示，老甘草已患了肺结核病。

老甘草高兴极了，他说："治病难，得病也不易呀！现在我可以以身试医了。"于是他特意到安国中医结核病院去看病，而且用了个假名字。经过安国医院的精心治疗，老甘草终于恢复了健康。同时，他对

121

这个医院和"回生灵"的疗效也有了亲身的体验。他让家里人制做了一面锦旗送给安国医院，上面是他亲手写上的两句话："没有病也不看病不知你能不能看病；有了病去看好病才知你能不能看病。"

老甘草以身试医的事传出去了，群众都十分感动，都夸老甘草对病人负责，有牺牲精神。这天，他一上班，办公室就来了几个人：一个是专治肝炎的医院院长，一个是专治癌症的医院院长，还有一个是性病医院院长。他们都带来邀请书请老甘草去"以身试医"。老甘草推辞道："以身试医嘛，就是以自己身体试验一次的意思……"

"推普标兵"

"推普"就是"推广普通话";"推普标兵"就是"推广普通话的标兵"。

县教委的马局长听说省语委下个月要来检查"推普"工作,并评选"推普标兵",决定利用职权为自己的闺女马晓莉开个后门。

马晓莉连个高中都没考上,是凭爸爸的关系才在城关小学当上语文教师的,对"推普"当然更是一窍不通啦。

经过一番演练和准备,马晓莉和马局长都认为"万事俱备",只欠省语委的领导和专家来现场观摩了。

这天,在花花绿绿的标语簇拥下,在喧天的锣鼓声中,终于迎来了省语委的领导和专家。

一位专家把"麦(大麦)"、"鞋(皮鞋)"、"白(白面)"等词汇写在了黑板上,让马晓莉领着全班的学生念一遍。马晓莉一看这些词汇都是自己事先演练过许多遍的,心中暗喜,眉飞色舞地大声领着学生们念了起来。她念道:

"mai(麦音),tuo(唾音)mia(摸呀音)的 mia(摸呀音)。"

" xié(鞋音),pí(皮音)hái(孩音)的 hái(孩音)。"

"bái（白音），pia（坡依啊音）miàn（面音）的 pia（坡依啊音）。"

"……"

查写字人

老笑担任初中 88 班班主任还不到一个月，教室黑板上就出现了骂他的粉笔字——"老笑是个大坏蛋"。

老笑把全班学生集中起来，要写字人主动承认，可没有一个人承认是自己写的。老笑说："那好吧，你们 70 个学生，每人上来给我写这 7 个字。"于是，班长带头，一个一个地走上讲台来写字。一会儿，只见满黑板写的都是"老笑是个大坏蛋"。

万荣新笑话

飞机扇翅膀

村里的万世通是个上晓天文、下知地理的"日能人",平日里走到哪里听众都是一大片。

前几天,村里有个人串亲戚坐了一回飞机,一连数天都有人围着他请他讲坐飞机的感觉。

这天,他讲着讲着,万世通忍不住插了话:"有啥卖拍的!你坐的飞机肯定是翅膀不动的。知道不,它要是把翅膀上下扇起来,那飞得才快哩,坐着才美哩!"

照的是黑夜

娟娟和蛋蛋是一对恋人，他俩照了很多相。这天，生生要去县里办事，娟娟托他把他们照的两个彩卷送到照相馆冲洗。

生生走到半路，就把彩卷拿出来了。他想：那俩照的相肯定很有意思，我得悄悄地看一看。

于是生生把彩卷一一拉开，凑着阳光细细端详，可是上面什么也没有。

到了照相馆，照相馆的人对生生说："这照的是啥？是黑夜？胶卷被人曝光了！"照相馆的是运城人，他把"曝"字读作"泡"音。

生生回到村里对娟娟说："你俩在黑夜里照什么相？人都跑光了，啥也看不见！"

129

等马灯

大岗乡有位副乡长是个深度近视眼。别看他眼睛近视，嘴巴却很好，讲起话没完没了，不着边际，村人最怕他来开会。

这天晚上，这位副乡长又来村里开全体村民大会。村里停电，歪歪就从家里提了一盏马灯放在桌上供副乡长照明。

副乡长又像往常开会一样高谈阔论起来，唾沫星子把飞到跟前的蚊子都打落了。村民们干了一天活，很累，谁愿意听他东拉葫芦西扯瓢？于是大伙儿一个个悄悄回家去睡觉了。

副乡长讲够了才说："呀，快12点了。散会吧！"这时他才发现会场除了歪歪之外早已无人。

副乡长很感动，他对歪歪说："只有你坚持到底了。你的学习精神值得表扬！"

歪歪说："我早就想走了。可是我得等你讲完话提我的马灯哩！"

智取文盲

吴文化名文化，其实是个文盲。这几年他在县城经营桑拿娱乐城发了财，就更看不起文化知识了。桑拿城人手缺，他决定让上高中的儿子停学去帮他搞经营。儿子想上学，却又不敢不听老子的话。左右为难之际，碰到了老成叔。老成叔如此这般计议了一番，两人便分头去准备。

第二天一早，儿子匆匆跑进家门说："爸，村里大槐树下围满了人，说什么要开走你的桑塔纳哩！"

吴文化来到大槐树下，人群中老成叔手拿一封邮件说："教育局给你送的，快来看吧！"

吴文化不识字，说："老成叔，你替我念念吧！"老成叔拆开信当众念道："关于吴文化之子吴有为半途辍学的处理决定：若要停学搞桑拿，罚你一辆桑塔纳。"

吴文化一听忙说："这不行，车我要坐哩！"

老成叔又念道："若要不给桑塔纳，罚你五台大哥大。"

吴文化一听又急忙说："咱桑拿城一共才买了五台大哥大，都有用哩！"

老成叔又念道："若要不给大哥大，罚你十万青砖十万瓦，给学校维修教室盖水塔。"

吴文化一听更着急："我的工地上是有十万砖十

万瓦,可那是盖新楼房用的。"

　　老成叔说:"那你看该咋办?"吴文化把儿子叫到跟前说:"罢罢罢,你还是上你的学去吧!唉,如今的世道,咱的娃都由不得咱使唤了!"

产品打入国家级展览会

国家有关部门在北京举办"打击假冒伪劣商品成果展览会"。这个信息被老可收集到了。他找了几个朋友，费了九牛二虎之力，把当地前几年个别人制做并销售过的几种假货搜集了样品，连夜乘车送到北京。

办会人不接受他们的"展品"，说："这些假货早被查禁了，现在没人制造也没人销售了。已经过去的事情，没有多大意义了。"老可他们不答应，聚在展厅外面不走。后来找到一个小负责人，是老可的同乡。几个人给他说了半天好话，人家最后同意他们把带来的假货样品摆到展厅一角尚且空着的展台上去。

老可他们欢喜若狂，又连夜乘车回村。几个人搬出锣鼓又敲又喊："庆祝我们村5种产品打入国家级展览会！"

听说县里编新县志要征集获得过重大荣誉的当地产品，老可他们急忙收起锣鼓说："上县里去报告情况，争取把我们打入国家级展览会的产品写进县志！"

135

正面转背面

孔大学在社会上担任了 50 多种"职务"，这些职务都是死狗烂猫不值钱的"虚衔"。然而孔大学却把这当作炫耀自己的资本，经常在朋友面前卖弄。

有一次朋友聚会，大家互换名片，只见孔大学的名片的正面印满了各种职务，最下面一行的括号里写着："正面不够转背面，一版看完看二版。"人们翻过名片一看，背面也印满了各种职务。

即使是这样，孔大学仍不满意，他对朋友们说："不知道谁发明的名片，这么小一点点，我还有两种职务没印上哩！"

买过道

一

二楞子是个热心肠小伙。这天,他乘公共汽车去运城办事。车上座位满了,他和一个瘦弱的老汉站在车厢里。车一开,老汉在车上站都站不稳,二楞子伸手紧紧扶着他。

而有一对男女青年坐在一排三人座上,他们的皮包占了一个人的座位。二楞子说:"请把皮包拿起来,让这位大爷坐个座吧。"小青年不理睬他,反而又买了一张票说:"这座位我们掏钱买了,他凭什么坐我们的座?"

二楞子见他们不讲理,就拿出 10 元钱说:"售票员,我买张过道票。"

车离运城还有五六公里的时候,那对小青年要下车,二楞子用自己壮实的身体堵住了他们的座位口。男青年说:"你让开让我下车呀!"二楞子说:"这过道我买下了,你凭什么过呀?"

车上人对小青年刚才的举动很反感,都说:"既然你们下不了车,就到运城再下吧!"于是司机关了车门,一直把他们拉到了运城。

139

进房间就看到了

勤娃平时总喜欢动脑筋，所以经常干一些别人想不到的事情。

外地有个参观团来县里参观，客人们的住房安排在县宾馆。办公室主任把印好的住房安排单交给勤娃，让他等候在宾馆楼门口，客人一到来就把住房单发给每个人。

可是客人们来到宾馆后，勤娃却不知去向了。客人们不知自己住哪个房间，只好等在楼外面。办公室主任派人四处寻找勤娃，只见他满头大汗地从楼里跑出来说："住房安排单都放在各自的房间里了，你们进房就看到了！"

摇头电扇

凉凉上街买电扇，别人告诉他："最好买一台眼下最时兴的摇头电扇。"

凉凉到了家电门市部，对售货员说："买一台摇头电扇。"售货员给他拿过来一台落地扇，插上电源让他试试是否合适。

试了一会儿，售货员说："这台电扇的转向开关坏了，电扇不会摇头了，给你另换一台吧！"凉凉问："这台电扇还有其他的毛病吗?"售货员回答："没有了。"凉凉忙说："那就不用换了。"售货员说："你可不要后悔呀！"

凉凉转动着自己的脑袋说："你看我的脖子有毛病吗?"售货员说："好像没有。"凉凉大笑："这就对了。电扇不摇头咱摇头，不就行了?"

万荣新笑话

踩麦受罚

老呆在村边种了一片小麦。春天到了,麦子长得十分茂盛。有个年轻人为了抄近路,就从老呆的麦地里过来。

谁知他刚走到麦地中间,就被老呆瞧见了。老呆大呼小叫道:"把我麦子踩坏了,把我的麦子踩坏了!"年轻人吓得扭头就跑,却听老呆大叫道:"站住,不准往回跑!"年轻人转过身朝前走,老呆又喊:"站住,不准往前走!"

年轻人说:"那我该怎么办?"老呆说:"你站在原地别动!"说着,他大踏步地走进麦地,到了年轻人跟前突然蹲下说:"我背着你出去!"

年轻人哆哆嗦嗦地趴在他身上。老呆把人背到地头放下说:"念你年轻,又是初犯,今天就这样轻罚了事。如果以后再发现你踩我的麦子,我非叫人把你抬出来不可!"

年轻人壮着胆子问:"那麦苗不是一样要被踩坏吗?"老呆勃然大怒道:"混蛋!我的麦苗,我想咋踩就咋踩,宁可让我踩死,也决不能让你踩坏!"

145

万荣新笑话

打假举报

这天上午，打击假冒伪劣商品办公室突然接到老正的举报电话。老正在电话中说，他发现了一个挂着假招牌公开出售假东西的假商店。这家商店不仅是假老板，而且唯一的女售货员也是假小姐。

天下竟有这等事情？打假办的张主任急忙带着小王出发，按老正提供的线索，很快就找到了这家商店。

商店的招牌堂皇而考究，上书"贾记商店"四字。该店老板姓贾，人们都叫他贾老板；老板的女儿是售货员，人们称她贾小姐。该店经营的的确都是假东西：假牙、假发、假胡子、假手、假腿、假眼珠，以及假花、假草、假水果等等。

当张主任弄明白这情况后，禁不住扑哧一声笑了，这一笑不要紧，却把他的假牙笑落在地上。小王一看也禁不住笑得流鼻涕淌眼泪，不提防把自己左眼窝里的假眼珠也挤了出来。而老正听说这件事后却一点儿也不觉得可笑，他气呼呼地说："哼，都看到了吧，公开卖假东西却没有人管！"

147

万叶新笑话

闪他一回

老牛筋在公路边等公共汽车。远远看见公共汽车开过来了,他就挥手呼叫。但这个地方不是停车点,司机示意车不能停,然后就开走了。老牛筋自言自语地说:"我想坐车,你闪我;明儿我非闪你一回不可!"

第二天在同一个时间,老牛筋早早等在停车点上。公共汽车开过来了,老牛筋认出就是昨天"闪"他的那辆。

司机见有人站在停车点上,就把车停下。售票员招呼老牛筋说:"快上车吧!"老牛筋本来也确实急着到城里办事,但他却扭身藏到路边的大树后面。售票员连喊几声:"你坐车不坐?"但老牛筋就是不吭声。

司机嘟哝着开车走了,老牛筋从树后面跳出来说:"哼,昨儿你闪我,今天我也闪你!"

149

你吃大亏啦

万瓦匠到北京旅游，他啥都不爱看，就爱看北京城里的高楼大厦。

这天，他悄悄溜进国贸大厦的围栏院里去了。他全神贯注地数着国贸大楼的楼层，从第一层一直数到第七十六层。

万瓦匠刚数完楼层，就被保安人员叫过来了。保安指着一堆豪华汽车说："你是干什么的？为什么站在车道上不走，把外商的汽车全堵在这儿了？"

万瓦匠说："我不是故意的呀，我是在用心数楼层哩！"保安说："按规定，你要被罚款。"

万瓦匠说："罚就罚吧，你说怎么罚？"保安说："只好按你数的楼层罚了，数一层罚一元钱。"万瓦匠说："我只数了十层，我给 10 元钱吧！"交了罚款万瓦匠大步飞奔地出了围栏院，一边跑他还一边朝着保安人员喊道："喂，小伙子，你吃大亏啦！我刚才已经把 76 层全数完了，你少罚了我 66 块钱哩！"

151

你吃大亏啦

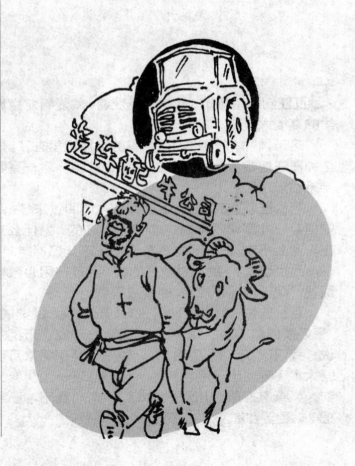

人不在了

偏偏很长时间没有到城里去逛了。这天,当他来到钟楼街一家公司门前的时候,他纳闷了。只见这家公司的大门顶上写着"汽车配牛公司"几个大字。原来,这是个"汽车配件公司","件"字的单立人因为被风刮掉了,所以成了"汽车配牛公司"。

偏偏越看越好笑,他在心里说:"现在的时代啥奇事都有,汽车还能和牛配种!"为了问个明白,他走进公司去问几个年轻人,这汽车配牛到底怎么配。年轻人挤挤眼睛哄他说:"汽车配牛生下的就是铁牛,铁牛就是小四轮拖拉机。懂了吧?"偏偏正想要一辆小四轮,就高兴地说:"这事我干!"

第二天,他把自家正在发情的母牛牵到"汽车配牛公司",然而看大门的老头却不让他进去。他说:"我是来汽车配牛的。"老头一听,嘻嘻笑着说:"什么配牛不配牛,那是'人'不在了,只剩个'牛'字了!"

偏偏听了,就牵着牛回了家。他对老婆说:"咳,真倒霉,今天汽车配牛的牛在,可是负责汽车配牛的人不在,明儿再去吧!"

153

万荣新笑话

卸帽减重

老甸和小甸被朋友约去吃饭。朋友的这桌饭很丰盛，很对老甸的胃口，因此老甸从头吃到尾还没吃够。小甸紧挨老甸坐着，他捅了捅老甸说："真个是吃别人的，吃那么多还没够哇？"老甸说："我看你吃得比我还多哩！"小甸说："你至少吃了 3 公斤饭菜。"老甸说："连 2 公斤也没有。"

两人争执起来。小甸忽然有了主意，他对大伙说："我们刚才进餐馆前都在餐馆前面的磅秤上称了重量，而且都打了卡。谁吃得多，我们再去称一下体重不就明白了吗？"老甸摸出自己的体重卡说："称就称！"

小甸上磅一称，比吃饭前体重重了 1.5 公斤。老甸往磅上一站，指针立刻指到 75 公斤的刻度，他吃饭前的体重是 71 公斤。大伙都哄然大笑起来。

老甸急忙把头上戴的老棉帽卸下来拿在手中说："你们看秤，你们看秤，哪里是 75 公斤？"话说完睁眼一看，指针仍指在 75 公斤上面。老甸奇怪地说："这么重的帽子都卸掉了，怎么秤还不变？"

上坟远了

泉县、奇县、云县三县一字相连。云县是地区所在地，县城规模较大，比较繁华热闹，所以泉县、奇县的人常到云县来逛商店。义义是泉县人，他的村子紧靠奇县，他和村人去云县，必须经过奇县。后来行政辖区变革，义义的村子划归了奇县，但是原先属于他们村的一部分土地仍划归泉县。这片土地有一片墓地长眠着义义村人的几代祖宗。

可是义义认为，这对他到云县去是最好不过了。他叫上他的弟弟和堂弟，几个人敲着锣鼓在村子里游行，还用红纸写了一条标语贴在木板上抬着。标语写道："热烈庆祝我们村子由泉县划归奇县！从此我们村去云县不用再经过别的县了！"

义义的父亲和许多老年人听见热闹都出来看，一听义义他们搞这个名堂，义义父亲就走过去给了义义一耳光。义义被打得晕头转向，说："以后我们去云县就是近了，这不是好事吗？"义义父亲说："好个屁！咱们去云县是近了，可是给你爷爷上坟还要到外县去，那不是远了吗？"

157

不要事事都请示嘛

张镇长的老婆是个有名的"悍妇"，对他轻则吼骂，重则动手动家伙，张镇长十分怕她。

这天，张镇长回家后和老婆顶了几句嘴，没等到老婆"收拾"他，就躲到机关里看棋迷下棋去了。

一会儿他就听见了老婆的嚷叫声。几个棋迷都停了棋，准备看他出洋相。不料，当老婆手握菜刀撞进来时，张镇长却不紧不慢地说："哎，我的好老婆哩，跟你说过多少遍了，不要事事都请示嘛！今天中午还是吃辣子炒山药吧？切丝切片由你定。你做下啥咱都吃不够！"

万荣新笑话

你把轮胎气放了

万安县南街街口栽了一道铁门框，为的是禁止大型车辆来往通行。

胡行行开着一辆工具车想从铁门框下钻过去，可是车顶还是高出门框 3 厘米左右。他试了几次都无法通过。

这时，街边上一个卖桃的老汉对他说："小伙子，你真想过还是假想过？"胡行行说："我是真想过哩。"

卖桃人说："你若真想过，买我 5 斤桃，我给你说个好办法。"胡行行于是掏钱买了他 5 斤桃。

卖桃人帮他把桃拿到车里，然后指着汽车轮胎说："你把这 4 个轮子的气都放了，我保证你的车立马开过去！"

161

厕所吃饭

老兰率领一个 10 人组成的参观团到黄河中游一个地方去参观学习。当地的负责人安排他们住到面临黄河的大宾馆里，在四楼的会议室为他们举行了简短的欢迎仪式，接着陪他们到二楼的餐厅用饭。吃完饭后，主人又为他们举办了歌舞晚会。直到晚上 11 点半，老兰他们才被送回宾馆，住在宾馆的三楼房间。临别，主人告诉老兰一行：早饭已在餐厅订好了，明早请他们按时到餐厅用餐。

第二天早上 6 点半，老兰叫大家一起到餐厅吃饭。他再三叮咛说："全团要行动一致。"大家表示坚决听从他的指挥。于是他领着大伙从三楼下到一楼，并推开一楼的洗手间门说："请大家吃得快一点儿，不要耽误时间，因为我们上午要去参观。"大家你看我我看你谁也不进去。老兰一看也愣住了，说："昨天下午咱们去餐厅的时候不是下了两层楼吗？怎么今天下了两层楼就进了厕所呢？"随行人员告他说，昨天是从四楼往下下的，而今天是从三楼往下下的。

老兰想了想，明白了，说："大家跟我来！"随即带着大家又上到四楼，再从四楼下到二楼进了餐厅。他对大伙说："这就走对了！这就走对了！我记得是要下两层楼梯的嘛！差点儿跑到厕所去吃饭！"

163

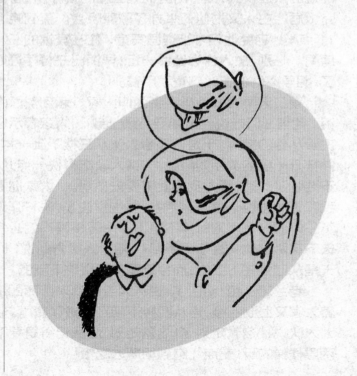

只认头巾

正大当了局长后晚上经常出去开会，每次开会都回来得很晚，他老婆只好为他熬夜等门。正大心里过意不去，每回老婆给他开大门时，他都要在他老婆脸上亲上一口，表示对她的感谢和歉意。天长日久不知不觉地养成了习惯。

这天晚上正大又去局里开会，会开完已是半夜12点了。寒冷的夜色里他叩响了自家的门环。很快，院里传来了脚步声，接着，大门咣当一声开了。正大进门就抱住他老婆的脸狠狠亲了一口，说："让你等门了。"话音刚落就听对方说："爸，是我。我妈病了，我替她等门。"正大一听脸就红了。原来面前站的不是他老婆，而是他儿媳妇。她头上顶的是他老婆的头巾。

正大扭头走回屋里，对他老婆说："你不去开门也就罢了，你为啥让她顶着你的头巾去开门呢？你看看这弄得多不好意思呀！"他老婆说："外面冷，她怕感冒了，就随手抓起头巾出去了。这能怪我？"正大出去对她儿媳说："今天的事儿就算了。以后注意，晚上出去开门，千万不要顶别人的头巾，因为我只认头巾，不认人！"

165

万荣新笑话

为让老娘不害怕

老仓他娘活着的时候，老仓领着她一起去看过坟地。这片坟地在独山脚下，远离村庄，荒无人烟。

他娘临终前告他说："我就要去那片坟地了。我什么都不怕，就怕那儿太荒僻，有狼呀豹子呀，还怕那里有坏人哩！"说完就闭上双眼咽了气。

旁边有人听到这话，就劝老仓另选一块坟地埋葬他娘。老仓是个孝子，他一边哭一边想办法，终于想出一条主意：他把帮忙的人叫来，吩咐对方到街上纸花店去做两挺机关枪。人们问：人家为老人糊彩电、做汽车，你怎么做枪？他说："老娘有了枪，她在坟地就不害怕了！"

万荣新笑话

给电信局打电话

扁豆岳父家的电话出了毛病，无论怎样摆弄也打不出去了。正巧扁豆来岳父家，岳母让他把电话修一修。

扁豆一边殷勤地答应着，一边拿起电话开始拨号。他边拨号边说："这点小事，好办。我给电信局打个电话，让他们来人把电话修一修！"

不准用空气

邻居推着自己的自行车来到老齐家的院子里，说是车胎跑气了，要借老齐的打气筒打气。老齐把打气筒递给他。谁知这位邻居把气打饱之后却说："你这气筒真不好用，把我的手都磨下泡了！"

老齐一听来了气，说："用了别人的东西还说不好，哼，那就不让你用了！"说着，他拧开邻居的自行车轮子上的气门，把气全放光了。

邻居赌气从别人家借来一个打气筒，呼哧呼哧又打饱了气。为了气一气老齐，邻居说："不用你的稀屎我不是照样能种南瓜？"话音未落，老齐又拔掉了刚才拔过的气门，把轮胎里的气又放光了。他边放气边说："我也不让你用我院子里的空气！请到你家打气去！"

171

证据确凿

老信与几位朋友到关帝庙去游玩，看到一男一女在神殿里的关公像前摇签。男的拿住签筒摇了几下，签筒里掉下一支竹签，看庙师傅拾起签说："第48签。记住了，一会儿到庙门外去解签。"接着是那女的摇签，她也摇下一支签来，老师傅拾起一看说："也是第48签。记住了，一会儿到庙门外去解签。"

这一切老信看得明白，听得仔细，于是他发表议论说："哇，到底是两口子，摇签都摇得一样！解签还少掏一次钱哩！"

谁知话刚出口，那女的脸就红了，她冲着老信说："这位先生，我又不认识你，你怎么就信口开河呢？什么两口子，这是我娘家哥！"

老信不服气，说："不是信口开河，是证据确凿。因为我看你俩年龄差不多嘛！"女的说："我哥只比我大一岁，当然年龄差不多了！"老信说："我看你俩是一起来的嘛！"那男的说："废话！我今天就是陪我妹子来看庙的！"老信说："我看你俩抽的签都一样嘛！"女的说："签一样就是夫妻？"老信说："你俩是一男一女嘛！"

那男的女的一齐喊道："兄妹难道是两个男的或者是两个女的？"老信挠着头皮说："不管怎么说，反正我看你们像两口子。"

还是咱万荣凉快

高高在县上工作，娶了个文化不高的老婆在村里务农。

星期六高高回来和老婆娃娃团聚。吃完晚饭，老婆一面看电视一面说："哎，城里面真是不好住，一年比一年热，还是咱万荣凉快。"

高高十分奇怪，因为老婆除了县城哪个城市都没有去过，就问："你是咋知道的？"

老婆说："你看嘛，去年那些姑娘、媳妇，还没立夏就热得露胳膊、露腿、露脊背胸脯的，今年热得连肚皮都露出来了。照这样下去啊，明年热得连衣服都不能穿了！"

悄然暗笑

●随富随贫且欢乐，不开口笑是痴人。

——白居易

●笑脏笑拙不笑补，笑馋笑懒不笑苦。

——俗语

●笑口常开，笑天下可笑之人。

——民谚

万荣新笑话

不让你吃亏

万永到广州出差。有一天，他乘出租车去朋友那里。到了朋友单位的大门口，出租车上的计费表打出了 **20** 元的数字。

万永一摸衣袋，钱包忘记带了，身上只掏出 **19** 元零钱。他告诉司机只带了 **19** 元，很对不起。可是那司机不依不饶，非让他再补 **1** 元钱不可。

万永说："万荣人并不是没钱，而是我的钱没带在身边。你要是不行，请把车给我往回倒上 **1** 元钱的路吧。我决不会让你吃亏！"

万荣新笑话

自毁名誉

钟钟到一家骨病专科医院去看骨质增生。该院的涂医生问他："来我这里之前你找过哪个大夫?"钟钟说："我找过巷口拐弯处骨科诊所的张大夫。"

涂医生立刻瞪起眼睛说："咳,找他干啥! 那个人说的话全是假话! 如果你听他的话非耽误你治病不可!哦,他都对你说啥了?"

钟钟说："张大夫说,您是看骨质增生病的高手,用您的药我的病很快就能治好……"

丈母娘变鸡

亮亮做事很热心，就是有时候不认真。他刚学照相，就给老丈母娘献艺。

老丈母娘见女婿来给自己拍照，高兴得不得了，急忙搬个凳子坐到院子里。亮亮摆弄了一会儿，终于咔嚓一声按下了快门。临走时，丈母娘叮咛他明天一准把照片送来。

第二天，亮亮到照相馆取出照片，可怎么也找不见老丈母娘的那一张，却多出一张大公鸡的照片。原来，昨天他拍照片时，天上正巧飞过一架飞机，他按快门那一刹那，眼睛朝天上看了一下，没想到照相机镜头也朝上一仰，把丈母娘身后面鸡窝墙上立着的一只大公鸡照了进去。

亮亮没办法，只得硬着头皮去见老丈母娘。丈母娘不但没有责怪女婿，反而高兴地夸道："哟，看这公鸡照得多清楚。不要紧，下次让它坐在板凳上，我站到墙上不就行了！"

181

比猜题

麦囤在火车上遇到一个伶牙俐齿的南方人，这人自称是大学毕业生，他见麦囤长得其貌不扬，穿得平平常常，又听说麦囤是山西万荣人，就很看不起他。

南方人说："先生，咱们玩个猜题游戏好吗？"麦囤问："怎么个猜法？"南方人道："我是大学生，你是老农民，咱们不在一个档次上。这样吧，我出的题你猜不出来你给我 100 元；你出的题我猜不出来我给你 200 元。你是农民，你先出题吧！"

麦囤说："什么动物长三只腿，还能在天上飞？"

大学生想了半天说："这个问题太奇怪了，我答不出来。我给你 200 元吧。"

付完钱之后，大学生心里很不服气，他想："我也问他这个问题，看他如何回答！"于是他说："你说这是什么动物？"

麦囤说："我也不知道。给，我付你 100 元。"这时，火车到站，麦囤抬脚下车走了。

人够不够

亏亏开着一辆客货两用车到外地进货，他妻子和他同车前往。

在经过一个临时检查站时，亏亏的车被一个叫做横横的"临时交警"拦住了。那横横说："罚款，交 10 元钱！"

亏亏曾听说横横是个蛮横无理的坏家伙，所以就十分小心地应付他。亏亏问："为啥要罚款呀？"

横横答不上来，愣了一会儿才说："你人没有坐够！你车门上写着'准乘 4 人'，为啥你才坐两个人？嗯？"

亏亏不紧不慢地说："我这车里面坐的就是 4 个人呀！"横横头伸进车里看了一遍后问："那两个人在哪里？"

亏亏一指他妻子说："在她肚子里。医生说，她怀的是双胞胎哩！"

你不让说

小棍坐他哥的摩托车去赶集，半路上他捡到一块手表。

这是一块崭新的双狮牌电子表。小棍起初没吭气，等到了集市上才高兴地告诉哥哥："我捡了一块表！"话音刚落，就有几个年轻人围过来，其中一人说："是不是双狮表？那是我在路上丢的。"小棍无奈，只好把表归原主。

小棍哥哥财迷，他对小棍说："你真够傻的！以后你千万记住：拾了东西悄悄藏好，如果有外人在场就不要说出来！"小棍点头默记。

两人逛得饿了，就到小摊上去吃饭。吃完饭他哥起身就走，却把摩托车钥匙忘在饭桌上。小棍拾了他哥的钥匙藏在衣袋里，本想告诉他哥哥，可是身边全是人，没法张口。太阳偏西，二人要回家了，他哥哥死活找不见钥匙，就问小棍："你看见钥匙了吗？"小棍看看边上的陌生人，使劲地摇摇头。天快黑了，二人只好把摩托车寄存了，花钱坐车回家。一进家门小棍就拿出钥匙说："哥，钥匙是我拾了，本来早想告诉你，可是旁边总是有外人！"

187

我把小偷哄啦

老尖的好友被小偷偷走了钱包,钱包里装有 **500** 元钱。老尖决定为好友出口气。

这天,他花了 **120** 元钱买了 **10** 个钱包,每个钱包都塞上废纸,然后装到口袋里去逛商店。小偷偷了他的钱包,他装作不知道。一个钱包偷走了,他再往口袋装一个。

天黑时分,小偷偷走了他的第 **10** 个钱包。他兴高采烈地对好友说:"我把小偷哄啦——钱包里全是纸!"

万荣新笑话

狗蛋和鸡蛋

杯：杯喝多了酒，躺在床上呼呼大睡。突然他老婆跑进来推醒他说："孩子爸，快醒醒吧！咱狗蛋中午去集上买羊肉包饺子，可这会儿天都黑了还没回来，你快去找一找狗蛋吧！"

杯杯迷迷糊糊地说："咱家还有鸡蛋吗？"老婆说："有哩！"杯杯说："那今天就吃鸡蛋韭菜饺子吧，狗蛋的羊肉饺子改天再吃！"

我娃不是牡丹花

牡丹的妈不讲卫生,她也不讲卫生,衣服经常不洗,头发长满了虱子,全班同学都不愿意和她坐一张桌子。

老师对牡丹妈说:"你要经常给牡丹洗澡、洗衣服,要不,她身上的气味太难闻了。"

牡丹妈不接受意见:"我娃是来上学的,不是来学校叫人闻的。再说,我娃名叫牡丹,可她是个人,不是牡丹花。"

193

芳龄几何

西坡村有一个好吃懒做又爱打扮的妇女，都 **40** 多岁的人了，却认为自己还像大姑娘。

一天，这妇女在集上碰到了槐柱。她问他："你看我有多大岁数？"槐柱一瞧，只见她脸上涂满了雪花膏，足足有二两多，嘴唇涂得血红血红，像刚吃过死娃，就说："看你的牙，像十八；看你的腰，像十七；看你的头发，像十六。"

那妇女高兴极了，冲槐柱捅了一把说："那么，我的芳龄到底是多少？"

槐柱说："你把我说的三个数加到一块就是！"

万荣新笑话

还 愿

某大商场的胖经理有个不成文的规矩，就是无论哪个职工调出调进都必须给他送礼，否则，他不签字。

长明的妹妹不想在商场干了，要调到一家饭店去，可胖经理不答应。长明就对胖经理说："您先签了字，我给您准备的烟酒晚上送到您家里。"

拿着胖经理的手令，长明很快办完了应办的手续。晚上，他空手到胖经理家去"还愿"。胖经理一见长明进门就喜笑颜开，他问道："东西都带来了吗?"长明道："没问题，就在外面的车里面。"说完，他掏出一张纸递给胖经理，说这是送礼的清单，请他过目。

胖经理看完清单，颤抖的手指着长明骂道："快给我走，再不要踏进我的门!"

原来，那张清单上写着："请胖经理笑纳：高级过驴嘴香烟两条；高级蛆酒 3 瓶；低毒汾酒 4 坛；美国进口屁酒 1 箱。"

197

万荣新笑话

李铁贵要"官"

这天早上一上班，李铁贵就找到总经理说："我在您的开发部工作。最近，咱们公司的人和外面的人都叫我李部长，可我现在不是部长。既然大家都叫我部长，一定是认为我有当部长的水平。就请您任命我当部长吧！"

总经理听后说："他们叫你部长我怎么就能让你当部长呢？"

铁贵见总经理没有答应，就说："您如果不打算任命我当部长，那就请您在报纸和电视上登几回广告，说本公司李铁贵不是开发部部长，请大家不要叫他部长……"

多挂两个温度计

王大白不懂行政管理，他当了后勤科长后，一直管不好锅炉房，所以一到了冬天，职工宿舍的暖气总是烧不热。同志们提过很多意见，但情况没有多大改变。

这一天，十几名职工结伙找到王大白家。老职工耿师傅说："听你娃说，你家的暖气热，家里的温度有**20 多度**，为什么我们家里只有八九度呢？你给我们讲清楚。"、王大白见职工们愤怒的样子，吓得说不出话来。倒是他的老婆镇静自若。她说："我家老王他本事差是差些，但是他从来不会给自己家里搞特殊。你们听说我家里温度高，这是真的，因为我家多挂了两个温度计哩！只要把这几个温度计上的数字一相加，温度就上去。你们不妨也回去试试！"

偷东西没偷人

老袋乘邻居不备偷走了人家的一台录音机，警察根据线索找到了他。在事实面前，他承认了自己的所做所为，于是他被带到派出所去录口供。可是，到了派出所后他却又矢口否认。

警察问："你刚才承认你今天下午 5 时许在你们村偷了人？"老袋答："不管是 5 时许、6 时许，我都没有偷过人！"警察说："你刚才在村里都承认偷人了！""我没有承认偷人！"

这时，派出所所长把老袋叫到另一间房里，对他做了一番思想工作后说："你做了就是做了，老实坦白，这样可以争取宽大处理。"老袋说："可是，我从来没有偷人。"边上一名警察一听大怒，把桌子一拍说："那录音机是谁偷的？"老袋说："我偷的。""那为什么你说没有偷人？""录音机是东西，它不是人呀……"

开店售假

老商与一个专门销售假冒名牌抽油烟机的商人挂上了钩。那人帮他开了一个抽油烟机专营门市部，生意还算红火。可是刚干了 20 天就被人举报了。

工商管理局派人来查封他的商店和商品，并向他出示了举报信。老商承认自己卖的是假冒商品，但是一看举报信却大发雷霆。

他对工商局的人说："这封信完全是胡说八道！什么'该店以销售假冒商品来骗取素不相识的顾客的钱财'，这简直是一派胡言！我骗钱属实，但我决没有骗过素不相识的人，本店有账可查：自开业到现在，一共卖出去 29 台抽油烟机，但一台也没卖给外人，而是全部卖给了我的亲戚。如果不信，请你们去问问我的三个舅舅、二个姨姨、一个姑姑和四个叔叔，还有我的姐夫、妹夫、岳父等等，问问他们是不是在这儿买的抽油烟机！"

工商局的人说："你的账上记的是卖了 30 台，而你说只卖了 29 台，还有一台卖给谁了？"老商小声说："还有一台卖给我妈了！"

万荣新笑话

买车票

7 路公共汽车凭票对号入座，汽运公司规定不准超员售票。这天，老笑乘早班 7 路公共汽车去上班，因为他来得晚了一点儿，所以早班车的票已全部售完，他只好又等了一个小时。结果赶到单位时已经迟到了，被单位领导训了一顿。

老笑想了个办法，第二天早早跑到车站，把 7 路公共汽车当天早班车的票全买了。他一人上了车，坐在 1 号座上。

到发车时间了，司机很着急，因为他看见车上只有老笑一人。到售票口一问，售票员说车票全卖出去了。

时间到了，司机只好开车，老笑心里高兴极了。他想，这一个月时间我再不用买票了，今天坐 1 号座，明天坐 2 号座，后天坐 3 号座……

次日，老笑拿着 2 号座的车票上车，然而座上早坐了人。拿出前一天的车票，车上人都说这早就作废了。老笑哭丧着脸说："这么说我买了 30 张车票就只能坐一次车吗？"

207

软座的教训

严明乘火车去太原出差,他买了一张硬座票,上了车却找不下座位。

车上人非常拥挤,严明挤过几节车厢找座位,他发现有一节车厢里人很少,许多座位都空着。他想:这么好的座位,座上都套着白色的座套,可是他们却没发现,真是低水平!

严明高兴地找了个座儿坐下,兴冲冲地点起烟卷来抽。刚抽了两口,乘务员就过来了。乘务员指着车厢里挂的牌子说:"无烟车厢,抽烟罚款!"接着又对严明说:"您买的车票让我看看。"

严明熄灭了烟,拿出车票。乘务员说:"您买的是硬座票,怎么坐到软座来了?罚款!"严明交了两项共计10元的罚款,悻悻地走出了软座车厢。他喃喃自语道:"硬座票不能坐软座。"

到了太原,他叫了辆黄"面的",一看座位是软座,他就蹲在了座位下面。"面的"司机一边抽着烟,一边问他为甚不坐座位,他冷笑着说:"我知道,硬座票不能坐软座,坐错要罚款哩;我还知道,这是'无烟车厢'。你想勾起我的烟瘾,再罚我的款?没门!"

209

非坐拖拉机不可

老头在一个乡镇当副镇长，初来乍到，群众都不认识他。一天，县领导下来检查工作，老头也坐着镇里的吉普车陪同前往。等到检查完离镇政府 **8** 公里的一个村子，已是暮色苍茫了。

县领导该回镇政府用餐了。老头这时跑到地边的大树后面去解小手，他示意他的司机在前面领路，带领导的车往镇里走，自己坐最后一辆车回去。可是他一直尿不完，事先又没有告诉最后一辆车的司机，于是三辆车拉开距离飞快地开走了。

老头尿完了，车也走远了，天也完全黑了，公路上连个人影也没有。他只好顺路步行前进。走了一通，忽然听到背后拖拉机响，原来是一辆小四轮拉着砖开了过来。他喜出望外，急忙拦住小四轮说："让我搭上车吧，我得赶快回去接待领导。"

开小四轮的人就是本镇的农民，他说："你是谁？干什么的？"老头说："我是你们镇长呀！"农民一听笑起来："你是镇长？镇长黑天半夜一人在野地里走？我看你不是骗子就是劫车贼！快点闪开，不然我用摇把砸你的脑瓜！"老头无奈，只得躲到路边。拖拉机开走了。

大家回到镇里后，等了半天也不见老头，就决定派车回去接他。

等他们开车寻见老头，只见他蹲在地上唉声叹气。镇里的同志说："走吧。领导在等你哩！"老头坐上

211

车说："追上前面的拖拉机！"大伙问为啥追它。老头把刚才的事说了一遍。镇里的同志也觉得这样对镇长太不礼貌了，于是追上拖拉机后就责问开车的农民："你不让镇长坐也就罢了，为啥要拿摇把打镇长？"农民连连道歉，说不认识镇长，只怕他是坏人。

农民认了错，这事本来就完了，可是老头对桑塔纳车的司机和来接他的镇里干部说："你们先回去吧，我坐他的小四轮走。我今天非坐他的拖拉机不可！"

抓地震

地震局的大门，面对繁华街道。大门西边的一排墙原来是土墙，最近刚刚换砌成砖墙，每堵墙都用白灰上了面。这天局长要去省里开会，临走前把老海叫去说："你写得一手好字，今、明两天你在大门西边的墙上写上标语。我后天要陪同省里的同志一起来咱局里检查工作，这个任务必须完成好啊！"老海表示一定完成任务。

局长高兴地说："要创造性地工作，遇到什么困难动脑筋解决。"说完递给老海一张纸，上面写着——"一定要把地震工作抓上去"。老海应承着接过那张纸走了。

老海素以雷厉风行著称，这次更是毫不怠慢。他立即从柜子里找出尺子、油漆和板刷，挽起袖子干起来。很快，第一个字出现在第一堵墙上，第二个字也出现在第二堵墙上。街上行人看到老海写这么大的红漆字，而且写得又快又好，都夸这人能干。

老海更来劲了，一口气写了 3 个字才停下来抽烟缓口气。可这一休息不要紧，他却紧张起来了。为啥？他这时才发现西边共 9 堵墙，他刚才是按每堵墙一个字来安排的，想不到局长给的标语是 11 个字，按这个写法，还有两个字没地方写呢！

老海急忙跑去找办公室的老李商量。老李建议把刚才写的"一定要"三个字刮掉重新安排。可是刮

213

掉也没有用，因为一堵墙写不下两个字，即使能写下两个字，那么 11 个字只能用 6 堵墙，剩余 3 堵墙太难看。把 9 堵墙的总长度量一下分成 11 等份吧，也不行，因为这每堵墙与墙之间都有 30 厘米突出的砖沿，砖沿上没泥白灰，因此每堵墙只能写一个字。

明天一定要完成任务，因为局长后天要回来。老海急得吃不下饭。忽然他想起了局长的话，他想："有办法了！把标语删掉两个字不就行了吗？"于是他叫来老李商量。

但事情并不简单，该删掉哪两个字呢？删掉"一定"吧，显得没有劲了；删掉"要把"吧，那就不通了；删掉"地震"吧，那也不行，因为"地震"一去掉人家不知道你要抓什么工作；删掉"工作"吧，倒是还免强说得过去。老海念了几遍："一定要把地震抓上去"，他认为很满意。他说："'工作'两字本来就不该要！再说，咱这叫创造性地工作嘛！"

第三天，局长带着省里检查工作的同志在地震局门口一下车，就看到大门西边的墙上赫然写着："一定要把地震抓上去" 9 个大字。省里一位同志左看右看觉得不对劲，说道："这样写不太妥当吧？"老海正好出门迎接客人，他说："妥当，妥当！地震抓不上去，其他工作抓上去也不行啊！咱这儿是地震多发区，把地震抓上去才对哩！"

给咱奶奶留着吧

顺顺是跟奶奶在万荣长大的，10岁才回到省城父母身边，他对奶奶的感情深厚得很哩！

奶奶是个王秀兰迷，一看王秀兰的戏就十分兴奋。这天，顺顺打开了电视机，看着看着激动起来："妈妈，王秀兰，王秀兰！奶奶最爱看的！"说着，很快一按遥控器把电视机关了。妈妈忙问顺顺为什么这样？

顺顺说："奶奶最亲我，最疼我，有了好吃的，好玩的总要给我留着，我也应该把她喜欢的东西留下，等她来了让她高兴高兴啊！"

215

不 由 人

老瓜很会为自己一些不良行为开脱，每次他做了错事，受到别人的指责或惩罚时，总是做出一幅苦瓜脸说："这不由人啊！"意思是自己也不想做不好的事情，可到时候由不了自己，于是就做下不该做的事情了。村民们倒也宽容，他们想："反正由不了他，那么他就没有错误了。"

有一回，老瓜在李二根的责任田里掰了几穗嫩玉米拿回家里。当他把玉米煮熟了正准备吃时，李二根的妻子推开门冲了进来，她指着玉米说："好小子！自己不种偷人家的吃啊？呸！走，到村委会去！"

老瓜被李二根妻子连人带赃弄到了村委会。村委会主任把老瓜骂了一顿。老瓜低头不语，等到人们都不说了，他才哇地大哭起来，边哭边喊："我也知道玉米不是我种的，我也知道我不该掰不是我应该掰的玉米，我也知道不该把人家的玉米煮熟了吃。我都知道。你们说，我说的对不对？"

有人点头说他说得没错。谁知这一下老瓜坐到地上像小孩子耍赖一样哭叫开了："我啥都知道呀，我不比任何人懂事情少。可是，这不由人啊，不由人啊……"

村委主任喝一声问道："不由人，那你说由谁？"

老瓜一下停止了哭闹，爬起来拍拍身上的土说："各位乡亲，说实话，我也不知道到底由谁。"

杀 驴

老碱有一头灰毛驴。村里人都说这头毛驴不错，但老碱却说这头驴是坏驴。有一天，老碱一气之下竟把灰驴给杀了。为啥呢？

事情是这样的：老碱套着驴车外出赶会的时候，忘记给驴背上放垫子，木鞍子直接扣在驴背上，来回十几公里路，把灰驴的背上磨破了一片皮肉，红艳艳的还渗血哩。老碱懒得为驴医伤，他反而指着灰驴骂道："人都说驴皮结实，你的皮为啥这么不耐磨呢？"

第二天，他用麻袋装了一袋子红薯放到驴背上，准备让它驮到农贸市场出售。红薯又大又硬，压在灰驴的伤口上，痛得它直蹦。老碱用鞭子猛抽了一顿，灰驴才安静下来。刚走出村口，灰驴就歪了一下身子，把红薯掀了下来。正巧有村人走过去，对老碱说："驴背伤了，别让它驮硬东西了。"老碱说："我知道了。现在请你们帮个忙吧。"他在村人的帮助下，把红薯袋子扛到自己肩上，然后又骑到灰驴身上。

老碱对灰驴说："走吧！我不是硬东西，你还不走等挨揍吗？"灰驴驮着老碱和一麻袋红薯，走不多远就走不动了。

老碱跳下驴背说："红薯我都替你背上了，你为啥还不走？这驴真是坏到家了，不杀不行了！"

蹲　圈

村里有个外号叫"哄死人"的人，惯搞恶作剧骗人。鼠鼠偏不信他这一套，于是两人到村边的麦场里去较量。

"哄死人"说："我在地上划个圈，你蹲在圈里，我啥时候叫你出来你肯定出来。"鼠鼠说："那可不一定，你叫我出来我偏不出来！"

由老年人作证，鼠鼠蹲到了"哄死人"划的圈子里。那圈划得很小，刚刚容得下鼠鼠的两只脚。"哄死人"告他不准动，不准站起来，然后招呼围观者到树荫凉下面去玩扑克牌。鼠鼠喊："你怎么不叫我出来呢？""哄死人"说："急什么？"

中午的烈日把蹲在地上的鼠鼠快烤出油了，鼠鼠蹲得双腿发麻，差点晕倒。他喊着："我不行了，我不行了！""哄死人"走到他跟前说："真不行了还是假不行了？"鼠鼠说："真不行了。""哄死人"说："出来吧！"鼠鼠应声艰难地站了起来。

窜过去再走回来

孝孝从城里回家看他妈。他妈问他怎么回来的,他说:"骑摩托车。这摩托一窜就是 20 公里,城里到咱村 40 公里,两窜就回来了!"

第二天,他要回城里上班。他妈想坐他的摩托车顺路回趟娘家。他妈娘家离村 10 公里路。

临走时,他妈发愁了,说:"你这摩托车一窜就是 20 公里,那不把我拉远了吗?"孝孝说:"不怕,妈。一窜 20 公里,您就在 20 公里地方下车嘛!"他妈说:"那就走过去 10 公里了。"孝孝说:"您再走回来呀!反正都要走 10 公里路。"他妈说:"10 公里和 10 公里不一样。这是从家往远处走,那是从远处往家走,不一样哟!"

223

省下饭钱啦

农民辉辉是个大肚汉，每次出去办事回来，爸爸总嫌他饭钱花得太多。

这次他上省城卖完核桃，去一家小饭店吃饭，听旁边桌子就餐的几个干部模样的人说，对面有家宾馆吃饭不要钱，他们准备去那里住宿。

辉辉听后十分高兴，饭没吃完便尾随那几个人来到这家宾馆，办了住宿手续。

哈，这里真真是吃饭不要钱，一天三顿自助餐，稀的稠的随你吃。辉辉在回家的路上还兴奋地想：吃饭不要钱，太美了！下回还来这里住！

回到家里，父亲刚数过核桃钱，脸就放了下来："怎么少了 500 块？"

辉辉说："店钱是多花了，可是饭钱省下啦——宾馆吃饭不要钱。"

父亲随手就是一巴掌："痴熊！你一天给我 200 块，不要说饭钱，车钱我都要让你省下哩！"

"人家都去住嘛。"

"说你痴熊，你越发痴啦——人家是吃公家饭的，把饭钱打到住宿费里，回去一报销，当然把饭钱省下啦！你哩？"

224

六个轮子更快

小通从小脑子就慢,连个高中也没考上。在家歇了几年,顶替他爸老通当了县政府的通信员。

一天,县里有个紧急通知要发往永和镇,不巧电话线出了毛病,汽车也都外出不在,县长只好让小通骑车前往。

小通出发后不久,县里回来一辆吉普车,县长怕小通误事,又怕他出事,就打发吉普车去追小通。

不一会儿,吉普车就追上了小通。可是,无论司机怎么劝,小通也不上汽车,司机只好放慢速度与小通并肩而行。

到了镇上,小通累得满头大汗,气喘吁吁。司机问他为甚不上汽车,他反问道:"你说自行车为甚跑不过汽车?"司机说:"这还用问,两个轮子哪能跑过四个轮子。"小通得意地说:"这就对了,轮子越多越快嘛,六个轮子当然要比四个轮子更快喽!你看,往常要两个小时,今天才用了 1 小时 59 分。"

225

笑是没有副作用的镇静剂。

——葛拉索

最虚度的一天就是没有笑声的那天。

——尚福尔

真正的笑，就是对生活乐观，对工作快乐，对事业兴奋。

——爱因斯坦

HUI XIN YI XIAO

会心一笑

●笑是人高于动物的不多的优点之一。

——高尔基

●你们笑什么，你们在笑自己。

——果戈理

●笑是世界上最好的维生素。

——列昂诺夫

智斗洋鬼子

几个万荣后生去深圳打工，遇上一个刻薄的日本老板。

说好管吃管住，但每人每顿只给一个盒饭。住得好不好他们不在乎，可肚子填不饱怎么干活？几天之后，后生们就饿得熬不住了。

一天，早饭开了。后生们三口两口就把盒饭拨拉完了。监工的假洋鬼子说："现在想提前吃午餐也可以，但午餐就不供应了。"后生们吃完第二盒饭，假洋鬼子说："现在想提前吃晚餐也可以，但晚餐就不供应了。"后生们三下两下又把晚饭提前吃了。

吃完饭，后生们没有去干活，而是回到宿舍，拉开被子就睡。假洋鬼子气哼哼地喊醒他们说："成何体统！晚餐都用过了，还不去做工！"

一个后生不紧不慢地问道："老板，用过晚餐该干啥了？"假洋鬼子说："睡觉呀！""对呀！老板，我们这不就是在睡觉么？"

替狗想想

斧头喜欢穿白色的衬衣，整个夏天，他都是一件白袄穿到底。他家养的一只狗也很特别，浑身上下无一根杂毛，色白如雪，因此他给狗起了个名字：雪麒麟。

这天他去朋友家说事情，半路上白衬衣被雨淋湿了。朋友取出一件黑色衬衣让他换上，他把自己的湿衣服装上就回家了。平时雪麒麟远远看见他就跑过来迎接，又是对他摇尾巴，又是舔他的手，而今天他还没到家门口就听见雪麒麟冲他汪汪地咬。他走到大门口时，雪麒麟仍拦住门大叫。他火了，说："雪麒麟，我刚出门半天你就装作不认识我了，我打你这癞皮狗！"说完捡了一根棍子就去捧狗。

狗这时认出了他，吓得钻到一边去了。但是他仍然忿忿不平。他老婆说："算了吧！你应该替狗想想：你出去时穿白衣服，回来成了黑衣服，它马上哪能反应过来？假如它跑出去了，回来白毛变成了黑毛，你不是一样不认得它吗？"

231

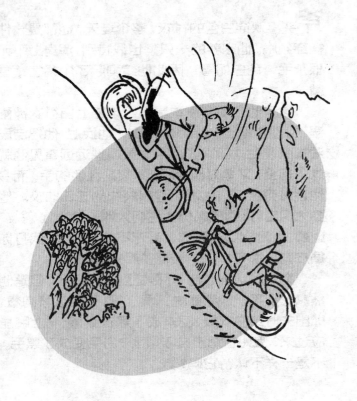

上坡刹闸

石头骑自行车去外村串亲戚。当他气喘吁吁地骑车上一条很长的斜坡时，坡上迎面冲下一个骑自行车的小伙子。石头使劲蹬车，由于坡陡，车头两边扭起来。小伙子下坡的速度很快，两人躲避不及，自行车相撞在一起。

那小伙子爬起来骂石头说："你为啥上坡不刹闸？"石头摔得爬不起来，他想："人家说得有道理，我上坡时的确没刹闸。"于是他向小伙子赔不是说："对不起，都怪我，都怪我！"

小伙子拍拍土，骑上车走了。石头爬起来后越想越觉得不对劲。他拦住一辆工具车把自己的自行车放上去，去追赶那小伙子，不一会儿就赶上了。石头在汽车上指着小伙子说："喂，刚才你说的不对！我上坡是没有刹闸，可你下坡也没有蹬车子呀！咱俩都有错，为啥要我向你赔情道歉呢？"

233

等于吃猪屎

一日，老水去参观朋友的黄河滩涂养鱼池。那一眼望不见边际的黄河滩上的一个个大鱼池里碧波荡漾，鲤鱼嬉戏。老水看了心花怒放，不由得作诗一首："黄河滩上所见奇，沙土挖坑养鲤鱼。人吃鱼肉身健壮，不怕工作多与忙。"

朋友见他很高兴，就特地用竿网捞出一条红嘴红尾的大鲤鱼来，三下两下刮了鳞去了内脏，放在草棚下的炉火上一会儿就炖熟了。一股鱼香扑鼻而来。老水本来准备站在鱼池边再找一找感觉作第二首诗，但却被这一阵浓香搅乱了思绪。

说实话，老水还是第一次在黄河滩上吃黄河水烹调的真正的黄河鲤鱼。他认为味道美极了，胜过他平生所吃过的一切菜肴。他吃一口，夸一口。朋友被他夸得不好意思，就说："我这鱼养得好，除了其他科学养殖方法外，有个与别人不同的地方是以土地长粮食，以粮食喂猪娃，以猪屎喂鲤鱼，以鲤鱼养土地，增加对粮食生产的投资，这样形成了一个开发链，使粮食生产、生猪生产和渔业生产一齐大发展。"

谁知老水听了这一番话，立刻丢下筷子说："你说什么？你这鲤鱼是用猪屎喂的吗？"朋友指着鱼池那边的一排猪圈说："是呀，这是一项新技术呀！猪吃了粮食长得快，鱼吃了猪屎也长得快呀！"

235

万
荣
新
笑
话

老水脸色此时已变了。他说："不要说了，我不吃你的鱼了！"朋友奇怪地睁大了眼。老水说："你想想看，鱼吃猪屎，人吃鱼，那不等于人吃猪屎吗？"朋友说："但是已经转化了呀！"

老水不听他说，径直跑到猪圈边上去看，只见每个猪圈都有一条管子通进鱼池里，猪一拉屎，屎尿就顺着管子淌进鱼池里。老水看了半晌，一句话也说不出来。忽然，他的朋友——人称养鱼状元的农民听老水一字一句地吟道："黄河岸上人吃鱼，鱼肉原是屎变的。猪屎再变还是屎，吃鱼等于吃猪屎。"

眼窝和耳朵换个位

老知天和儿子趴在窗户上看闪电，听打雷。儿子问老知天："爸，为啥咱们老是先看见闪电唰唰地闪过了，才听到轰隆隆的打雷声呢？"

老知天说："憨娃，这还不懂！咱们的眼窝长在耳朵前面，当然是眼窝先看到打闪，耳朵后听到雷声呀！"

他见儿子傻着眼不吭气，于是又说："要是把眼窝和耳朵换个位，那咱们就会先听到雷声，后看见闪电啦！要是把他们放到一块，就能同时看见闪电和听见雷声啦！"

237

认 真 负 责

老古的认真负责闻名遐迩。

有一次，他到一家三星级宾馆找一位远道而来的朋友。

这座宾馆大楼有 16 层高，必须乘电梯上下。他的朋友住 8 楼 12 号房间，因此他上了电梯就对电梯小姐说："我到 12 楼。"小姐按了一下 12 楼的显示键。可是老古马上又对小姐说："实在对不起，我是去 8 楼 12 号房间，刚才一急，把 12 号说成 12 楼了。对不起，对不起！"小姐说："这没关系，12 楼还有别人要下呢！"

说话间电梯到了 8 层楼。电梯门开了，小姐彬彬有礼地对老古道："先生，8 楼到了，请您慢点下。"老古下了电梯，电梯门就关上了。就在电梯门闭住那一刹那，电梯里面的人都听到老古在外面叫喊："小姐，请等一等！"电梯小姐急忙按开门键，电梯门又开了。老古神色庄重地对小姐说："小姐呀，我在 8 楼下了，我到 12 楼就不下了。"

戴草帽打伞

万荣县里有几个干部到北京出差。有一天,他们一起来到天安门广场游览。不巧,晴朗的天空突然被一团黑云笼罩,接着打了几声雷,下了一阵雨。

不一会儿,云开日出,天又放晴了。雨后的天安门广场更加清丽可爱。几个人正在兴奋地领略天安门城楼的风采,却看到金水桥的桥栏边站着一个人,那人头戴一顶草帽,却又打着一把黑色的雨伞。从他那麦秸秆编的草帽上,几个人感受到一种非常熟悉的"气味",这是晋南农民和万荣农民特有的"气味"。

几个人不约而同地朝那人走过去。老李操着地道的万荣口音问:"老先生,您怎么戴着草帽还打伞?"那人看了几个人一阵子,说:"我不是老先生,我是老帽先生。你们都是咱万荣人吧?听得出来。我家也是万荣的。不过,我 50 年代就来北京住了。几十年了,见了家乡人还觉得亲得很哩!问我为啥戴草帽还打伞?草帽是挡太阳的,雨伞是挡雨的,各有各的用途嘛!喂,你们不戴草帽也不打雨伞,不怕雨淋也不怕烈日晒么?"

谁拾走谁写

老山在某报社已工作多年,有丰富的采访和写稿经验,人们把他称为"名记",意思是"有名的记者"。他说这样简称不好,因为"名记"和"名妓"谐音。不管他反对不反对,反正人们一直叫他"名记"。

这一天,老山到一家企业去采访。采访结束后,老山又要了人家一部分存档的资料。厂长说:"这些资料只有一份,用完后请一定归还我们。"老山说:"这是常识。"

谁知在回家路上出了事:老山把自己的采访笔记和企业的几份资料全弄丢了。一个月过去了,又一个月过去了。那位厂长每天看报纸都不见有关本厂的报道,就打电话问老山。老山说:"厂长啊,我的采访本和你的资料全丢了,谁拾走了就让谁来写稿吧,我是没有办法写了。"厂长问:"那么,谁拾走了材料呢?"老山说:"谁拾走你就找谁吧,这事就这么办吧,啊!"

万荣新笑话

敲簸箕震牛

老盆很喜爱读书，尤其喜爱读古书，对古代圣贤名流的故事最感兴趣。

一日，他在一本书上读到舜耕历山的故事，说舜心怀慈悲善良之德，耕地时为使拉犁的牛好好出力又不挨打，他就在犁杖上挂了一只簸箕，牛走得慢了，舜就打簸箕。这样，黑牛还以为舜打了黄牛，黄牛也以为黑牛挨了打，因此它们都使劲拉犁。老盆读到这个故事想了很久，他觉得这个故事很有现实意义，不仅在工作中，就是在家庭中也能应用。但究竟在家庭中如何应用，他却马上考虑不出名堂来。

他边想边走回到了家，进门就看见妻子对他瞪眼。他问妻子："怎么了？"妻子气呼呼地骂道："让你买的菜和馒头呢？你简直像只无头苍蝇，什么事儿也记不住！死人还能记住躺在自个儿的棺材里哩，你连你老婆交待的事儿都记不住！"

老盆挨了一顿臭骂自然十分生气，他想他应该好好教训一下他妻子，因为他妻子也太不像话了！他攥起拳头对妻子冲过去，妻子以为他要打她，就说："你敢对我动手？看我打扁你！"老盆说："我心怀善德慈悲，怎么忍心打你？"他跑进厨房，举起锅一下摔在地上，然后又用斧头砸坏。之后，老盆问妻子："你还骂我吗?"妻子问:"你砸锅是什么意思?"老盆说:"你知道舜王敲簸箕吓牛的故事吗?"

还 是 准 的

老笑的父亲得了重病，医生下了病危通知书，说他父亲最多能活三五天了，叫他准备后事。老笑听了很伤心，但他强忍悲痛，给亲朋好友打电话写信，告诉他们他父亲已经病故。他老婆问他说："咱爸还没去世，你怎么就说他死了？"他说："你没听医生说吗，他三五天后就要死。这叫做提前准备后事。"

第四天，亲朋好友们都送来了花圈、挽幛，但此时他的父亲还活着。老笑找到医生，开口就骂他们胡说八道。医生怪他不该这样"提前准备"。正在吵得难解难分之际，有人报告说，老笑他父亲死了。

老笑趴在他父亲身上嚎啕大哭，哭得满脸都是鼻涕泪水。哭着哭着，他突然放声大笑起来："医生说得对！还是准的！还是很准的！"

万叶新笑话

准备盖房子

有一支扶贫工作队来到百泉村蹲点扶贫。工作队员一进村，老马就找到村支书说："听说有个同志是'出板社'来的，让他住到我家去吧"

村支书对老马说："出版社的人已经去了二栓家了，让供销社的人住到你家去吧？"

老马一听着了急："能不能换一换？二栓他又不盖房子，我家就要盖房子了！"村支书说："为啥要换？这和盖房有啥关系？"

老马说："人家不是'出板社'的吗？我盖房子正好要他帮忙买些便宜木板哩！"

你也改行吧

省某报社的记者和作协的作家到汉岭村采访。二人见了村委主任，记者介绍说："我是记者，姓王；他姓田，是作协的。"

介绍完毕，村委主任就安排王记者去村里采访，却把田作家留住说："你不用去了，我有话想和你说哩！"

田作家被村委主任领到村办制鞋厂说："我们这个鞋厂今年就要转产做皮包了，鞋不好卖呀！你是做鞋的，我劝你也改行吧！"

找 后 门

杠子叔到邻县赶集，路过一个乡镇法庭，见门边蹲着一个老实巴交的农民，愁眉苦脸，唉声叹气。杠子叔上前问道："老哥哩，有啥麻瘩？"

那农民说："我有一宗冤枉事，往法庭跑了六七回了，人家说今儿接待我，可这会儿了，门还挂着锁哩！"

杠子叔看看门口挂着的办公时间牌，又看看手表，已经到了上班时间。他从门缝往里一看，见几个穿警服的人还在院里打闹逗乐。于是杠子叔敲起门来，只听见里面喊道："干啥哩？"杠子叔大声地问道："请问，贵法庭后门在哪儿？"

里面没好气地答道："没有后门！"杠子叔不紧不慢地又问了一句："这前门不开，没有后门，那你们这号人是咋进去的？"

那位穿着警服的人被问住了，只好从后门出来，开了前门锁，并请法官出来客客气气地接待了那位农民。

253

让那姑娘下来

老贾把自行车放在路边去菜摊上买菜，这时，一辆面包车恰好在这里倒车调头。车上的倒车器不断地播放着一个姑娘的清脆喊声："倒车啦，请注意！倒车啦，请注意！"

可是一不小心，司机把老贾的自行车碰倒了。他急忙跳下车把自行车扶起来，并且连声对老贾说对不起。

老贾说："你是开车的，没你的事，你开车走吧！叫你车上那个喊话的姑娘下来，我要问问她：为啥她一边喊叫请注意、请注意，一边把我的自行车碰倒？"

255

为了全村人

勇勇就要参加一个农业考察团出国访问了。他父亲很不放心，把勇勇叫到自己的床前说："娃呀，外国很乱，女人很开放。爸叮咛你一句话：出了国可不能胡来呀。你如果胡来，染上了这病那病，你就把你媳妇害了；你媳妇一有病，就把我害了；害了我不要紧，还会把你妈也害了，把全村人就都害了。"

原来，勇勇的妈是村里的支部书记兼村委主任，她整天为村里事情操劳，根本没有时间顾家；而勇勇爸有病卧床，勇勇的媳妇整天端饭熬药地服侍他。他担心媳妇一有病，无人照料自己，自己的病就会加重；自己病一加重，就把勇勇妈拖累住了；她一分心，就会耽误全村人的致富大事。

万荣新笑话

许免贵先生

画家许大明先生到荣村体验生活。村支部书记不在，村治保主任黄宝枪十分热情地接待了这位大画家。

宝枪不识字，他把画家递给他的介绍信小心折好装进上衣口袋，非常有礼貌地问："大画家贵姓？"许大明答："言午许，啊，免贵，免贵。"宝枪一听他姓许，更加恭敬地说："原来您就是有名的许老师呀？"许大明说："啊，不敢，不敢。"

第二天，村里的黑板上都按照治保主任黄宝枪的吩咐，写上了大标语："热烈欢迎许免贵先生来我村体验生活"、"热烈欢迎许不敢老师来我村指导工作"。

前门上后门下

老河到某大城市旅游，对这个城市的公共汽车很有意见。他说："啥都好，就是公共汽车上的规定太糟糕。"

原来，他乘坐的那路公共汽车因为人多拥挤，车上售票员就在下一站快要到达之前叫喊："前门上，后门下!"这样使上下车的秩序有所好转。

但是老河并不知道这个意思，他要坐 7 站地去一家大商场，每次听到售票员喊叫，就使劲挤到车厢后面，到站就从后门跳下车，又急忙跑到前边的门挤上车。一连上下了几次。售票员见他每站都下车，下车后又马上上车，十分奇怪，于是问他："你这是犯了什么神经?下了车为啥又上车?"

老河瞪着眼珠子说："你还问我哩?不是你让我从后门下、从前门上?你就会折腾我这个乡下佬，那些人不听你的话，你怎么不去管管他们?哼!"

261

钉 子 会 飞

老近是个近视眼，又是个马大哈。他最近迷上了气功。他说："气功医百病，我应该练练气功，治好粗心大意的毛病。"于是他拜一位有名的气功师为师，开始学功。

练功第一天，气功师对他说："你的视力有问题吗?"他说："没有。"气功师说："好，就请你把你的大眼镜摘去，练功最好不戴眼镜。"

老近忙摘下眼镜。这副眼镜是水晶石片的，价值500元，他怕装在口袋里弄坏了，就想放在桌子上，可是练功房没有桌子。老近忽然发现墙壁上挂宝剑的钩子旁边有颗钉子，就急忙跑过去，把眼镜往上一挂。谁知那"钉子"原来是一只黑苍蝇，老近刚松手，它就飞走了，水晶石眼镜掉在地上打碎了。

老近说："奇怪，气功师家的钉子会飞!"气功师说："那不是钉子，那是蝇子!"老近发誓要找蝇子算账。

他猛然发现苍蝇就落在另外一面墙壁上，于是慢慢走过去，抡圆了巴掌拍过去，"啪"的一声，老近痛得唏嘘直叫。他说："气功师家的蝇子都有功夫!"气功师说："那不是蝇子，那是钉子!"老近道："废话!能看清蝇子和钉子我还来练什么功!"

骑 驴 寻 驴

老迷到李四家串门，发现李四家的墙壁上挂着一幅李四的大幅彩照，彩照照得美极了。于是，他也到照相馆照了张大彩照，把它装进相框挂在墙上。老迷非常喜欢这幅照片，闲下来就独自欣赏。

春节前，老婆让老迷把房子扫一扫，家具擦一擦，老迷照着做了。轮到收拾他的相框了，他把相框从墙壁上卸下来，擦干净后准备再挂上去时，却发现挂相框的墙壁上有许多灰尘，就决定把灰尘扫掉再往上挂。

可是相框放在哪里呢？放桌子上吧，桌子上的一层灰土还没清理；放地上吧，地上更脏。想了半天，老迷灵机一动，就把相框夹在两条大腿之间，然后举起笤帚去扫墙。扫干净后要挂相框了，可是老迷怎么也想不起来刚才把它放在什么地方了。

他用眼睛在屋里看了几遍，也不见彩照的影子，于是大声问老婆："我的相片哪里去了？"老婆跑进来说："你大腿夹的是啥？"老迷扑哧一声笑了，说："咳，我真是骑着驴寻驴哩！"

断奶问题

老肉住在一个大家属院里。家属院的门房有个年老的门卫，大家叫他老王。这天早上，老肉照例到门房去取自己老婆订的牛奶，因为这里是个鲜奶供应点。当他从塑料筐拿出一袋牛奶准备转身回家时，老王说："老肉，请把奶放下吧，这个月你没有订奶。"

老肉一听就睁大了眼睛说："老王呀，这个月我是没有订奶，可我老婆有奶呀，我吃我老婆的奶。"老王说："可是你老婆这个月忘记订奶了，你吃谁的奶？"

老肉把牛奶放进筐里说："原来是这样。那么这个月我断奶了。"

267

算狗不算

草陪他的两位南方来的朋友一块用餐。朋友们与老草虽然相交多年,但不太了解他的家庭情况。

席间,一朋友问老草道:"请问老草先生家里有几口人啊?"老草放下筷子问:"你是问我全家还是只问我的一家?"南方朋友不解其意。

老草说:"我全家就是要算我的母亲和我的哥哥、弟弟等等几个家庭,我的一家则不包括他们。"朋友明白了,说:"就是问您的一家。"

老草扳着手指算了算说:"我家几口人这倒好说,可是你们说我家几口人应该算我不算?"朋友们说:"应该算上您,应该算上您。"

老草又问道:"那么算狗不算?"朋友们听了觉得不明白,问:"为什么说算狗不算?"

老草说:"我家有两只狗,一只狮子狗,一只沙皮狗。常言道'鸡狗一口'哩!"

劝　架

老官在县城当干部，妻子和儿子、儿媳妇都生活在农村。老官很长时间没回家，不知道婆媳之间闹起了矛盾，二人甚至吵得不可开交。儿子劝不了自己的妻子，也劝不了母亲，左右为难。实在没有办法，他给父亲写了封信说明家里发生的情况，要他尽快回来处理家庭矛盾。可是老官工作当时很忙，走不开，加上认为他即使回去也不好劝说这事，于是就赶紧写了一封信给儿子。信的内容如下：

　　我的儿：收到信，家情尽晓，夜不能眠，深为二妻之事担忧。可一时我走不开，只得先书信与你，讲点劝人解架之道理。你知道，我娃之妈乃我妻，你娃之妈乃你妻，她二人均属女流之辈，上有老下有小，终日里外操劳，确实不易。今闻我妻与你妻闹气，你妻说你妻有理，我妻说我妻有理，到底谁妻有理，家事清官难断，我无能为力。然而到底是我妻生了你，而不是你妻生了你，所以我说我妻自然重要过你妻，因此你对她们评理应倾斜于我妻；再说我妻毕竟大于你妻，年轻的应让让年长的，天下也都是这个道理。你让我批评我妻，这显然没有道理，因为我妻没理，你这个当儿子的也不光彩；但我也不能批评你妻，你妻不好会影响你的儿子的名誉。自古以来，劝妻有劝妻的艺术，这就是你劝你妻、我劝我妻；你劝你妻不要骂我妻，我劝我妻不要骂你妻；只要我妻不骂你妻，你妻也不会再骂我妻；只要你妻不骂我妻，相信我妻也不会再骂你妻。此言切切，务请牢记。

有钥匙要从
门上进屋

茶叶把整串钥匙锁在二楼办公室了。没办法,只得借了一架长梯,从梯子爬上,撬开窗扇,从窗口而入。当他从办公桌上拿到钥匙时,办公室外面正有人敲门。他说:"等一等,我马上就回到办公室了!"门外的人说:"你现在不是就在里面吗?你开开门让我进去嘛。"他说:"我刚才是搭着梯子从窗口进来的。没有钥匙可以跳窗子,有了钥匙就得从门上进了。"

他把钥匙小心装好,从窗口溜到梯子上下了地,又跑上二楼开开了办公室的门。他对来人说:"对不起,让你多等了一会儿。"

273

不愿去天堂

主主的父亲去年信了教，从此后经常在家里宣扬"天堂"里有多么多么美好，而人世间是多么多么不好。家里人都不爱听这些，可是他还是要说。

前不久，主主的父亲得了病，他躺在床上喊叫主主："快送我到医院看病呀！我的病很危险哩！"

主主说："爸，依我看，您的病越是危险越没有必要去医院。因为天堂比人间好，死了比活着好呀！"

主主的父亲说："那是我胡说哩。好娃哩，快送我去医院吧！"

主主说："既然您不愿去美好的天堂享福，那就继续和我们一起'受苦受难'吧！"说完，他搀着父亲上了一辆出租车，说："到医院去！"

275

理解错了

老书听说河津县有位乡村土医生能治他得的怪病,就慕名而往。

这位老中医文化不深,但却精通一些医道偏方,往往为人医病很奏效。平时他只给附近的村民们看病,今天见有个派头很大的人开着一辆轿车来求医,心里很紧张。他想:人家是大干部,不像村民这么粗,我说话开药都要斯文些。于是他认真为老书把了脉,又问了一些病情,就开了一个方子给老书。老书一看,只见方子上写着:"此病治疗十分简单,每日晨起牙咬住小便。"老中医问他有没有不明白的地方,老书说:"咬几次?"医生答:"一次就行了。"

第二天早上起来,老书就按老中医说的去做,但没有成功。第三天又试,还是不行。过了几天,他去找老中医说:"您的方子好是好,但不知是我年纪大了腰弯不下还是别的原因,我的牙无论如何也咬不住啊!"老中医楞了一会儿才明白过来,忍不住大笑说:"我的意思是早上起来尿尿时咬住牙,没想您理解错了!"

评好媳妇

张婆婆逢人就夸她四个媳妇孝顺,村委会决定把她四个媳妇的事迹报到乡上,参加全乡"好媳妇"的评选。

主管精神文明建设的乡党委副书记对这事十分重视,多次派人找张婆婆了解情况。张婆婆每次都说:"反正对我好着哩,我老糊涂了,说不清。"

一次问得急了,张婆婆说:"我是说不清,问我的孙子们吧!"于是四个孙子被请到了村委会。

大媳妇家的说:"我妈怕我奶奶吃多了撑坏肚子,一看我奶奶吃第二个馍就打鸡骂狗。"

二媳妇家的说:"我妈比我大婶孝顺得多,每天督促我奶奶锻炼身体,给她安排了刷锅洗碗、洗衣服、劈柴、担水、拉饲料、喂鸡喂猪等丰富多彩的体育活动。"

三媳妇家的说:"我妈比二婶还要孝顺,她怕我奶奶想我大姑二姑,每天好几次地催我奶奶去看她们。"

四媳妇家的说:"最孝顺的是我妈——我妈一天要说几十遍'老不死的',祝福奶奶长命百岁,永远不死!"

四媳妇家的最后补充说:"我奶奶说,她要把我

277

妈和婶婶们对她的孝心牢记在心，到阴间细细
地和我爷爷说哩！"

火车站放假

瓦瓦在城市当干部，他妻子在几百公里外的农村，与他母亲生活在一起。这天，瓦瓦向单位领导请了假回家去看妻子。他坐火车到离村子不远的小车站下车，步行半小时就进了家门。

母亲见到儿子很高兴。瓦瓦问他妻子哪儿去了，母亲告他说她去了娘家，恐怕十天八天回不来。瓦瓦一听很失望，说："我趁出差顺便回来看看，等一会儿还要回单位去。领导给我的出差时间明天就到期了。"母亲留不住他，只得让他走。

谁知瓦瓦走到村口就碰到了从娘家回来的妻子。本来瓦瓦要跟妻子一块回家，可他对母亲撒了谎，所以不好意思返回去，他让妻子先回去，他径直朝火车站走去。

走了半小时到火车站，又从火车站走了半小时回到家里。母亲见他又回来了，就问怎么回事，瓦瓦说："嗨呀，我本来就走了，谁知道火车站今天开始放假了，一放放 10 天哩! 走不了!"

提 前 过 寿

计生委曹主任既贪心又十分狡诈，常常收了人的礼，不给人办事。

这天，一个已经与他家十多年没有来往的表侄来家看他，并带来一只做工精致、造型可爱、小巧玲珑的镏金紫铜鼠，说是婶子属鼠，是专门为婶子五十大寿定做的。

曹主任知道送这么贵重的东西，一定是有要事相求，于是，收下礼后不等表侄说事，就说道："好娃哩，难得你年岁不大孝心这么重，叔叔下个月还要给你爷过八十大寿哩！你爷是属马的，要是能给你爷定做个镏金马就好了。个头不要太大，和毛驴差不多就行了。你爷最疼你侄，他要每天能看着重孙孙骑马玩耍，肯定高兴哩！"

表侄心里一阵哆嗦，没敢再提事，坐了一会儿便讪讪离去。

280 表侄走后，曹主任老婆说："你胡诌甚哩，咱爸不是后年才过八十大寿吗？"

后　记

我生在运城市，长在运城市，很小的时候，就听父兄们讲万荣笑话。尽管那时故事数量很少，内容也仅限于荣河七十二争的古老传说，但却像磁石一样吸引我。我感到这是一些十分美妙有趣的听闻，不同于老师、母亲和许多人给我讲的那种很严肃、带有说教味的长故事。

随着年龄的增长、活动范围的扩大和视野的不断开阔，我听到的万荣故事也越来越多了。其中许多故事我慢慢地也学会跟别人讲了。为了达到好的效果，我常常补充一些故事情节，而且增补一些内容，以使之听起来更合理，更富有兴味。

后来上了大学，大学毕业后又在《山西日报》当了记者。虽然不在运城地区了，但周围的许多人仍是运城人或万荣人。他们不时地把万荣幽默故事讲给大家听。这样，万荣幽默故事实际上仍然伴随着我。

1990年初，我受《山西日报》编委会之派遣，到《山西日报》驻运城地区记者站工作。回到阔别十几

年的家乡，我第一个感受就是家乡人变了。在许许多多重大的变化中，我发现万荣笑话也变得多了。一是它的数量多了，二是它的内容新了。朋友们给我讲万荣笑话，讲了一个又一个，似乎总讲不完，而这些笑话都是我从来没有听到的新笑话。我常常为这些万荣新笑话所陶醉。

从那时到现在，九载春秋弹指而去，我的青春年华也一去不返。然而流逝的时光却留给我两笔财富，一是我在工作上有所长进了，二是我积累下一大堆万荣幽默故事。

在长达9年的驻站记者生涯中，我有幸比别人更多地接触到万荣笑话。运城地区有13个县市，有240多个乡镇、3300多个行政村，有460多万人口。每到一地采访，在行进途中或吃饭桌上，在工作之余的闲聊之中，都能听到万荣幽默故事。特别是在万荣县，干部群众都乐于讲万荣笑话。很多人怕我不相信就说："这是真的，这事情就是某某某干的。"有的说："这就是我村的事"，"这是我亲戚的事。"有的则说："这就是我家的事。"

他们给人讲的万荣笑话，一般都把故事的

主人公说成是县里或地区某个知名人，有的说成是你的熟人、朋友；而且故事有时间、有地点、有见证人。如果说不出见证人，那么讲故事的人就说："我亲眼见的，我就在跟前哩！"他自己就充当见证人。

这些笑话都说的是运城地区人们最熟悉的日常工作和生活中的事。人人都能听明白，都能参与进来，所以人们一说就心领神会哈哈大笑，他们知道其精华在哪里。

9 年来，我听过多少万荣幽默故事？很难说清。同一个故事，有的我甚至听人讲过几百遍，农民给我讲，工人给我讲，普通群众给我讲，领导干部也给我讲。他们给我讲，我也给他们讲，互通有无，互娱互乐，皆大欢快。即使听过多次的笑话，人们也不厌其烦地讲，不厌其烦地听，常听常新，常听常乐。似乎万荣笑话具有无穷的感染力。

万荣笑话是广大干部群众从实际工作和丰富多彩的生活中发现、采撷、加工、创造而成的，是人民群众智慧的结晶，心血的结晶，这是千真万确的。一个人做了一件事，这事如果沾点"可笑"的味道，那么有些人很快就会根据这件事编出一个笑话来。他一讲，别人一传，在讲和传的过程中得到了加工、改造，等过一段时间再转回来时，它已成为有品位的、正宗的

万荣笑话了。近年来产生的大量的万荣笑话，大体就是这样来的。因此它带有鲜明的时代烙印和十分浓郁的生活气息。它实际上是人们用文学和幽默折射的生活中的笑料。

万荣笑话是无数群众创造的，功劳应记在他们名下。但运城地区有相当一批善于讲、编、创万荣幽默故事的人，也对近年来层出不尽的万荣笑话作出了可贵的奉献，他们功不可没。在运城地区，一说起来人们都知道他们是谁，所以这里不再列出其姓名。

万荣笑话深为运城地区和广大省内外的人们所喜爱，这样的感受我已是非常多了。外地人来运城，总要求听万荣笑话；运城人去外地，外地人也要求讲万荣笑话。在北京等地经商，能讲几个万荣笑话，就会给生意带来意想不到的帮助。这证明万荣笑话已成为全国赏识的民间笑话精品，它的市场广阔无边。

正是有了这个认识，我几次试图把这些故事由口头传说形式变成文字，让更多的人来欣赏。我也了解到，在50、60年代期间，万荣县和运城地区就有人编写过万荣故事，他们开了以文字记述万荣笑话的先河。1993年3月，我应

《山西晚报》之约，以"老笑新传"的栏目，写了20多个万荣幽默故事在该报上连载。其实当时写了50多篇故事，但因种种原因只刊出20多篇。之后的几年中，我听到一个笑话就写出来，想到一个笑话也编出来，如此这般竟积累起数百个万荣笑话。

我有意识地把这些笑话一个个讲给人们听。讲给万荣人听，也讲给运城人听，还讲给太原人和外省外地人听。根据他们在听笑话时有意识或无意识发表出来的意见，我再对笑话进行修改、完善。有时人家否定了我的笑话，说，"不是你说的，这是这么回事"，然后人家讲出一套比我的精彩得多的同一个笑话，我如获至宝。很多笑话就是这么锤炼、淬火的，很多笑话也是这么抛砖引玉地得到的。在运城地区，谁肚子里有万荣笑话，谁绝不会隐藏不讲，而都会像竹筒倒豆一样倒个精光。即使某个笑话是某人首创、首编、首讲的，但也绝不会把它视为"自己的"，也不争什么"版权"、"所有权"，而是把它作为大家共有的东西。只要这个笑话能被大家接受，能被大家传讲，也就心满意足了。所有的人编讲万荣笑话全是无私的。大家把自己的这方面的智慧、才能无偿地投入到万荣笑话的创造之中，才使它枝繁叶茂，硕果累累。

然而，万荣笑话毕竟是产生于民众之中，流传于社会之间的口头传说，这样，它难免会有以下缺憾：一是不完整。很多故事没头没尾，支离破碎，严格讲只是一些原始笑料。二是有杂质。涉及到男女之间的"酸"东西以及指摘人们生理缺陷的东西虽然能迎合个别人的口味，但严格讲是一些糟粕。还有一些是从古代笑话和外国幽默翻版出来的东西，也不能作为万荣笑话的"正牌货"。

既然万荣笑话是万荣县和运城地区的民间文学精品，因此我们有理由使之尽量完美。在把口头传说变成书面文字时，不仅注意了上述问题，而且努力做到以下几点：一是把它尽量放置在现代社会的背景之下。因为这样可使故事与人们的生活更贴近，增强新鲜感、时代感。二是尽量使它能够完整合理，起码故事本身能够"自圆其说"。三是尽量使它更加通俗一些，既保留运城地区特有的乡土风味，也把一些外地外省人费解的东西"翻译"成大家都明了的东西，把地域性的"小笑话"变成全省全国都可以接受的"大笑话"，以便更有利于它的传播，造福于更多的读者。四是去粗去伪，存精存真。笑话排除了一些格调不高、有"翻版"古代笑话嫌疑的内容，尽量使它成为"万荣正宗"的地道货。

以上这几点虽然努力去做，但不知做得结果能否使读者满意。

在整理编写万荣笑话中，许许多多行家里手和热心人都对我进行了指导和帮助，提出了许多很好的意见和建议。运城地委宣传部长王大高是个多才多艺的领导干部，他非常精通万荣笑话，是创编、讲述万荣笑话的高手。许多堪称精品的万荣笑话都是经他加工改编而成的。他曾在工作之余用万荣笑话倾倒过无数听众。他不仅为这本新笑话撰写了前言，而且提出了许多宝贵的指导意见。

运城地区人大工委主任董寿安、地区政协工委主任陈永信和原行署副专员阎存来，以及董应南、王雪樵、裴都红、李晋杰等等同志，也为本书的编写进行了指导帮助。

万荣县委宣传部副部长李克荣、县委通讯组组长兼《万荣人》报总编辑李廷玉和柴振刚等同志，非常热情地提供了不少精彩的笑料，为本书增色不少。《运城日报》社靳双院同志点灯熬夜地创作了100多幅漫画，使本书图文并茂。

我衷心地感谢他们。

287

WAN RONG XIN XIAO HUA

特别应当感谢的是山西人民出版社、书海出版社一批领导和编辑同志。社长宋富盛对本书出版给予了大力支持，亲自题写了《万荣新笑话》的书名；书海出版社副总编杭海路同志亲自担任了责任编辑，对书的编写和装帧、印刷都制定了很好的指导方案。美编董志敏同志也为本书精心设计了封面和内文。他们泼洒的大量心血汗水促成了《万荣新笑话》的呱呱坠地。他们是《万荣新笑话》的助产士。另外，山西人民出版社总编辑崔元和同志，编审梁申威先生，主任杜厚勤、王东风、董建设等，也为本书的出版发行付出了劳动，给予了支持和帮助。

时代在发展，社会在前进。新的太阳下人们以新的精神不断创造着新的东西。一切都在演进、腾升。运城地区的万荣笑话也将一页又一页、一篇又一篇掀开崭新的内容。人们更加丰富多彩的生活将会为万荣笑话提供品位更高的"金矿"，人们将会从中精炼出更加纯美的"黄金"。

希望有更妙更多的万荣笑话问世。这本书只能算作一片反映万荣笑话的小圆镜。书中的错谬和不妥之处希望大家批评指正。

谢谢各位。

作　者

1998 年 7 月 30 日于太原

图书在版编目（CIP）数据

万荣新笑话·第1卷/管喻整编.—太原：书海出版社，
1999.10（2010.3 重印）

ISBN 978 - 7 - 80550 - 218 - 2

Ⅰ.万… Ⅱ.管… Ⅲ.笑话 - 作品集 - 中国 - 当代
Ⅳ.1227.8

中国版本图书馆 CIP 数据核字（2001）第 09862 号

万荣新笑话·第1卷

整　　编：管　喻
插　　图：靳双院
责任编辑：隋兆芸
出 版 者：山西出版集团·书海出版社
地　　址：太原市建设南路 21 号
邮　　编：030012
发行营销：0351 - 4922220　4955996　4956039
　　　　　0351 - 4922127（传真）　4956038（邮购）
E - mail：sxskcb@163.com　发行部
　　　　　sxskcb@126.com　总编室
网　　址：www.sxskcb.com
经 销 者：山西出版集团·书海出版社
承 印 者：山西出版集团·山西人民印刷有限责任公司
开　　本：850mm × 1168mm　1/32
印　　张：9.75
字　　数：78 千字
印　　数：66501—70500 册
版　　次：1999 年 10 月第 1 版
印　　次：2010 年 3 月第 10 次印刷
书　　号：ISBN 978 - 7 - 80550 - 218 - 2
定　　价：20.00 元